鳥籠のかぐや姫　下

暁に華ひらく愛

角川文庫
23999

目次

おもな登場人物

【黒《くろ》鳶《とび》隊】

「妖影《かげ》」と呼ばれる、人間を喰らう妖を討伐する役目を担う国の柱の組織。高官職だが激務で、命の危険を伴う。人々に感謝されつつも、恐れられ忌避されることも少なくない。

かぐや

美しい少女だが、特異な力を持つことから虐げられ、人形のように生きてきた。隆勝に婚姻の形で救い出され、黒鳶の姫巫女として力を振るうよう求められる。

祇王《ぎおう》隆勝《たかまさ》

黒鳶隊の大将を務める美丈夫。現帝からの信頼も厚い先帝の子。武骨だが誠実で、度量の広い人物。英雄と尊敬される一方で、鬼大将と畏怖されてもいる。

イラスト／セカイメグル

笹野江海祢《ささのえ　あまね》

黒鳶中将。中流貴族の出だが有能な、隆勝の補佐役。話術が巧みで情報収集が得意。女性に対して優しい。

蘇芳凛《すおう　りん》

黒鳶少将。二大公家出身の真面目で努力家な少年。心許した相手には、年相応な素顔を見せる。

零月《れいげつ》

かぐやが兄と慕う、腕の良い錺「かざり」職人。人当たりのよい美しい男性。かぐやと同じく金の瞳を持つ。

天誠帝《てんまてい》

現帝。自由と平等を尊ぶ名君と人々から慕われている。隆勝が忠誠を捧げる異母兄。

鵜胡柴親王《うこしばしんのう》

皇太弟。隆勝の異母兄。自らの高貴な血筋を誇り、身分の低い人間を侮る。利己的な人物で帝位を狙っている。

三章　特別な人

夜の空気を裂くような笛の音色が響き渡っている。天高く澄み切った月が昼のように地上を照らす中、擬宝珠《ぎぼし》がついた都《みやこ》で最も長い大橋を黒鳶《くろとび》の隊員たちが疾走していた。

「はあああっ！」

先陣を切っていた隊員が太刀を大きく振り被《かぶ》り、逆手に持ち直すと、舌がいくつもある大蛇の妖影《かげ》の尾に突き刺す。

『シャアアッ！』

妖影は悲鳴をあげるが、尾を千切ってまで力業で前進した。

「くっ、甘かったか！」

太刀を突き刺した拍子に体勢を崩し、剣柄《けんづか》を摑《つか》んだまま片膝《かたひざ》をついていた隊員は逃げていく妖影の背を悔しげに睨《にら》みつける。そのとき、隊員の真横を素早く通り抜ける者がいた。助走の勢いを殺さずに橋の欄干に飛び乗るや、それを踏み台にして跳躍する。

——今宵《こよい》も黒鳶が飛ぶ。欠けた月を背に宙で半身を捻《ひね》り、「はっ！」とまずは一太刀。

大蛇は真っ二つに分かれたが、先ほど尻尾《しっぽ》が切れても動き回っていたくらいだ。これだこれだけでは足りないと考えたのだろう。ダンッと敷板を鳴らして大蛇の前に着地した黒鳶隊大将の隆勝《たかまさ》は、そのまま太刀の向きを変え、続けて「ふっ！」と二太刀目を浴びせる。

『ギシャァアァッ！』

尾も胴体も切り刻まれた大蛇は断末魔の叫びをあげて地に倒れ、灰になって天へと昇り消えた。

「はあっ、はあっ……隆勝、様……」

かぐやは隆勝の速さについていけず、他の隊員と共に一拍遅れて合流する。

そこへ他の場所で任務に当たっていた海祢中将《あまねちゅうじょう》と凛少将《りんしょうしょう》も、橋の向かい側から隊員を引き連れて走ってきた。

「お見事！」

海祢中将は陽気な声でそう言い、軽く手を上げている。

「そちらは片付けたか」

隆勝が太刀を鞘《さや》に納めながら問うと、凛少将が頷《うなず》いた。

「はい！　まさか妖影が一度に三体も現われるとは……都は黒鳶の数が多いですし、警戒して目立つ行動をとらない妖影がほとんどだと記憶していたんですが、考えを改めないとならないかもしれません」

凛少将の報告を聞きながら、かぐやは膝《ひざ》に手を当てて呼吸を整える。

(やっぱり、私が都に来たのが原因……？)

隆勝は一か所に集まって来てくれたほうが討ちやすいと言ってくれたが、妖影が活発に動いていることと自分が無関係ではないかもしれないと思うと、素直に喜べない。

「お怪我はありませんか？」

ふと手拭《てぬぐ》いが差し出されて顔を上げれば、目の前に海祢中将がいた。

「っ、ありがとうございます。だ、大丈夫です」

手拭いを受け取って額の汗を拭《ぬぐ》う。

海祢中将はかぐやの内心を見透かしているのかもしれない。案じるような眼差《まなざ》しをしていたが、追及することはせずに隆勝と凛少将に向き直る。その海祢中将の気遣いがありがたかった。

「隆勝のほうも妖影は単体で動いていたようですね」

「ああ。妖影自ら、取り憑《と》《つ》いていた女から離れた。姫巫女《ひめみこ》の力を借りずに片付けられたのはいいが、行動が妙だ」

凛少将に憑いた妖影を討った日から、何度か天月弓《あめのつきゆみ》を使う機会があった。自分の意思で呼び出せるようになったものの、相変わらず力の反動で倒れてしまう。体力なら日々の任務でついてきたと思っていたのだが、まだ足りないみたいだ。今日も隆勝の速さについていけず、追いついた頃には息が上がっていた。皆が自分の負担を気にしなくて済むよう夜に庭で走り込みでもしてみようと思う。ただし、前に隆勝に案配《あんばい》を考えろと言われた。任務に差支えないように、休息を取ることも忘れては駄目だ。

かぐやが密《ひそ》かな決意を固めていると、凛少将が難しい顔をして、海祢中将と隆勝の会話に口を挟む。

「僕たちが追っていた妖影も初めは女性《にょしょう》に取り憑いていて、笛の音が聞こえた途端に抜け出したんです」

ぞわりと、かぐやの身体に鳥肌が立った。

(笛の音……)

かぐやたちにも聞こえていた。先ほどの大蛇の妖影も、あの笛の音で取り憑いていた女の身体から出ていったのだ。まるで、そうしろと合図されたみたいに。

海祢中将は難しい表情で、顎《あご》を押さえる。

「嫌な偶然ですね。被害に遭った者の性別、とった行動……俺のほうも隆勝や凛少将とまるっきり同じですよ」

うーん、と凛少将は悩ましげに唸《うな》る。

「せっかく人間に取り憑いたのに、抜け出す行動の意味がわかりません。くっ……誰かに取り憑く前にと討ち取ってしまったのが悔やまれます。かぐや姫なら、妖影から目的を聞き出せたかもしれないのに」

かぐやなら妖影の言葉がわかると、凛少将は覚えてくれていたらしい。

当然のようにかぐやの力を頼ってくれることに、なんだか胸がじんとした。

「なにか目的があって取り憑いていたものの、我々に見つかって叶《かな》わなくなり、肉体を離れた……とも考えられますよね。まあ、推測でしかありませんが」

そう言って、海祢中将は肩を竦《すく》める。

「今時点でわかっているのは被害に遭った者が全員女であるということだ。これが偶然でないとすれば、妖影たちは集団で動いていたことになる」

隆勝は先ほどまで妖影が倒れていた地面に視線を落としていた。

「妖影同士で連携するなんて今まで前例がありませんでしたけど、あの夜叉《やしゃ》は恐らく妖影を操れる。なにを企《たくら》んでいるのでしょうね」

海祢中将の言葉で、空気が一気に張り詰める。

――夜叉。かぐやの故郷である隠岐野《おきの》の里に現われた珍しい人型の妖影で、その笛の音で妖影を操る力を持つ。度々かぐやの前に姿を現わすものの、傍観しているだけで襲いかかってくることはない。今もどこかで、かぐやたちを見ているのだろうか。そう思うと、またあの笛の音が聞こえてきそうで、かぐやは自分の身体を抱きしめる。

すると凛少将は「企みですか……」と呟《つぶや》いた。

「妖影は効率よく人間を喰《く》らうために、僕たちに取り憑くんですよね。やはり今回も、人間という食糧をより狩りやすくするための策かなにかなんでしょうか」

「情報が必要だな。被害に遭った者が目覚め次第、聴取する」

隆勝が今後の動きについて話しているのを聞きながら、かぐやは得体の知れない不安を感じていた。

(夜叉……どうして私の行く先々に現われるの?)

姿を現わさなくても、存在の痕跡《こんせき》を残していく夜叉。まるで『いつでも見張っているぞ』と言われているみたいだ。

「大丈夫か」

ぶるりと身震いしていると、隆勝が近づいてくる。

「はい……」

頷きながらも、やはり夜叉のことを考えてしまうかぐやに隆勝は気づいたのだろう。

「なにを悩んでいる」

乏しい表情とは反対に、かぐやに向き合う隆勝の声は優しい。

「隆勝は『口に出してみればすっきりするだろう』と言いたいんですよ」

定番なのか、海祢中将は隆勝の声真似をして片目を瞑《つぶ》ってみせた。

そこへ乗っかるように、凜少将は少しばかり呆《あき》れた様子で言う。

「だいたい想像はつくけど」

かぐやが気持ちを吐き出すのを、隆勝たちが待ってくれている。それがわかり、素直になることにした。

「こうして被害に遭った方が出ている以上……妖影だけでなく夜叉までも引きつけてい

る自分に責任がないとは……思えなくて。妖影を相手にする黒鳶が、もっと危険に晒《さら》されることになるのも……怖いのです」

つい俯《うつむ》いてしまうと、かぐやの頭に隆勝の手が乗った。

「責任を感じる必要はない」

隆勝を見上げれば、彼は微《かす》かに笑みを浮かべている。

「この数週間で、お前はよく任務をこなし、妖影《かげ》に憑かれた人間たちを救ってきただろう。お前がなにを引きつけようと、その功績のほうが大きい。もっと胸を張っていろ」

「隆勝様……」

「それから、俺たちが簡単にやられると思っているのなら、みくびるな」

ぱちんっと額に衝撃を感じ、かぐやは目を瞬かせた。じんじんとする額を押さえ、隆勝に指で弾《はじ》かれたのだと時間差で理解する。

「た、隆勝様？」

「ぶっ、これでも隆勝なりに励ましているんですよ」

腹を押さえながら笑いを堪《こら》えている海祢中将を、隆勝は耳を赤くしながらじとりと睨《にら》んでいた。

「どうせ、またうじうじ虫になっているんだろうなと思っていたら、想像通りでしたね」

ちらりと視線を投げてきた凛少将は呆れている。

「町民への被害を食い止められなかったことに関しては、僕ら全員に責任があります。

あなたひとりが背負うものじゃないんです。……仲間なんだから」

相変わらずきつい言い回しだが、凛少将の言葉が嬉《うれ》しくて涙ぐんでしまう。

「仲間……」

かぐやの顔を見た凛少将は「うっ」と呻《うめ》いた。

「なんで目を輝かせてるわけ……？」

凛少将は動揺しているのか、また砕けた口調になっている。

それを見ていた海祢中将は、凛少将の肩にぽんっと手を乗せた。

「凛少将に仲間だと言われて、嬉しかったんですね。微笑ましいですね、凛少将？」

「あ、う……元気になったなら、もう本題に戻ってもよさそうですね！」

凛少将は目元を赤らめながら、ふいっと顔を背ける。そして、ふうっと息を吐くと、気を取り直した様子で、まっすぐかぐやを見据えた。

「夜叉が現われてから妖影の動向が今までと違いますし、姫巫女がいない部隊は現時点で夜叉に遭遇していません。妖影と夜叉に狙われるあなたは、一体何者なんです？」

凛少将の真剣な眼差しを受け、かぐやは肩を竦める。

「語れることがあればいいのですが、私にもわからないことばかりで……ただ、妖影たちは私のことを知っているようです。名前を呼ばれたことも、ありますし……」

――罪深き者。そう繰り返しかぐやを責める声を思い出し、気分が滅入《めい》りそうになる。

（私がなにをしたの……？）

仄暗《ほのぐら》い思考に沈んでいきそうになっていると、海祢中将はかぐやを心配そうに見つめ、

「妖影は他にもなにか、あなたに語りかけてきますか？」

気負わないようにと気遣ってか、優しい声音で問いかけてきた。

かぐやは深呼吸をすると、意を決して答える。

「……罪深き者……と」

その言葉が持つ重みに、皆が息を呑《の》む。

「おじいさまたちと暮らしていたときにも、まるで引き寄せられるみたいに身体が勝手に動いて……無意識に妖影を狩っていることが、たびたびありましたので……恨まれているのかもしれません」

自分でもしっくりこない解釈だと思う。妖影に恨みなどという感情は備わっていないというのに。

（え……？　私、なぜそう思ったのかしら）

妖影について詳しく知ったのは、黒鳶に入ってからのはず。

かぐやが困惑していると、海祢中将が腑《ふ》に落ちない様子で「んー」と唸る。

「それを言うなら、黒鳶も相当な恨みを買っているはずです。かぐや姫だけが責められるのは変ですね」

「ですね。うちのひよっこ姫巫女《ひめみこ》は基本的に自虐脳ですし、自分のせいだと思い込んでいるだけじゃないですか？」

凛少将は「ねえ」とかぐやに呼びかけながら、こちらを見る。

「妖影が自分に対して言ってると思った理由って、それだけ？」

「は、はい。でも、あの……はっきりとは言えないのですが、漠然と心当たりがあるような……そんな気がするのです」

「感覚的にそう思うってこと？」

気がする程度のかぐやの話を、凛少将は馬鹿にすることなく聞いてくれる。

「はい」

そうですと頷《うなず》けば、隆勝がかぐやの頭に手を乗せた。

「黒鳶には妖影の情報が集まる。お前が何者かはいずれ、否応《いやおう》なしにわかるだろう」

隆勝を見上げれば、彼の瞳《ひとみ》にかぐやが映る。彼はきっと、かぐやの気持ちをなにもかも見通してしまうだろう。だから隠さなくていいかと、本音をこぼす。

「私は……少し、知るのが……怖い……です」

自分が普通でないことなど今さらだ。けれど決定的な証拠が出てきてしまったら、もうその事実からは逃れられない。それが怖くてたまらない。

「その結果が望むものではなかったとしても、恐れることはない。生まれは変えられなくとも、生き方は変えられる」

「生き方……？」

隆勝を見上げる。隆勝は曇りのない眼《まなこ》で、畏怖《いふ》するでも嫌悪するでもなく、かぐやを見つめている。

「お前はもう、妖《あや》しの姫ではなく姫巫女だろう。力を善行のために使ったゆえ、お前を見る皆の目が変わった。人間であっても悪事に手を染めればその者は化け物だ。逆に、化け物が人を救ったならば、その者は心ある人間だ。すべては生き方次第だ」

隆勝の言いたいことがわかり、かぐやは胸を打たれる。

もし自分が化け物だったとしても、まだ変われるのだ。それがわかって、どれほど救われたか、隆勝はきっと気づいていない。当然のことを言っているまでだと、そういう顔をして当然のようにかぐやのそばにいる。

出会った当初は、静かでいて強い存在感を放つ隆勝を月の精なのではないかと錯覚したものだが、今は天高くで皆を照らし、見る者が自然と顔を上げてしまう太陽のようだとも思う。彼は日光のように強く眩しく、月光のように優しく温かい。

「そうですよ」

海祢中将の顔が急に横から現われて、かぐやは「わっ」と小さく声をあげてしまう。

かぐやの顔を覗《のぞ》き込んだ海祢中将は、後ろで手を組みながら笑っていた。

「ふふ、かぐや姫のこと、夜叉《やしゃ》のこと、俺たちも一緒に調べますから、真実を知るときは共にいましょう。ですから、あまりひとりで悩まないことです」

「海祢中将……」

優しさが身に染みて、不安の膿《うみ》が涙になって滲《にじ》み出る。

黒鳶に来てから、少しも感情を抑えられない。

「また泣く。実は泣き虫なの？」

凛少将は鼻をすするかぐやの顔を袖《そで》でごしごしと拭《ふ》いた。

「ずみません……っ、自分でも、知りませんでじだ……」

知らない自分に出会える場所、ありのままの自分を受け入れてくれる人たちを失いたくないと思う。

凛少将はかぐやの鼻に手拭《てぬぐ》いを当てながら、隆勝と海祢中将を振り向く。

「隆勝大将もかぐや姫も海祢中将も、日勤だったのにこんな時間まですみません。明日の日勤、僕代わります」

「いやいや、凛少将は夜勤でしょう？　明けから連続で任務に出たら、一日働き通しになってしまいますよ。まあ、これぞ常に多忙すぎる黒鳶という感じですが」

手のひらを天に向け、微笑む海祢中将の目の下にもうっすらくまが見える。かぐやが来る前からこの生活を続けていたのだ。いつか倒れてしまうのではないかと心配になる。

「凛少将が謝ることはない。妖影が一度に三体、それも別々の場所に現われたのだ。確実性を優先し、応援を呼んだのはいい機転だった」

隆勝に褒められた凛少将は照れているのか、落ち着かない様子だった。

「あ、ありがとうございます。けど、かぐや姫は休ませてはどうでしょう」

その提案に驚いて、かぐやが凛少将の横顔を凝視していると。

凛少将はかぐやを振り返り、「勘違いしないでよ？」と念を押したうえで続けた。

「あなたは女性《にょしょう》だし、だからといって特別待遇するわけではないけど、体力の限界は僕ら男とは違うでしょ」

かぐやは完全に師匠の教えを聞く弟子の姿勢で、こくりと頷く。

「限界を超えれば力を発揮できない。ただでさえ、かぐや姫は力を使ったあと消耗するわけで、しっかり休まないと、あっという間に骨と皮だけになっちゃいそうだし」

「骨と皮……」

自分がそうなった姿を想像して青ざめる。

隆勝も腕を組んで、苦い顔をしていた。

「そうだな、お前はただでさえ細くて軽い。ここ数日、まともに休ませてやれなかったからな。だが、そうなると上官から護衛を出さなければならないが……」

「ええ、ですから必然的に隆勝も休暇を取ることになりますね」

海祢中将は隆勝の前まで歩いていくと、満面の笑みでこう告げた。

「たまには、嫁孝行でもしてください」

竹の葉が風に吹かれてさらさらと歌っている。隠岐野の里を思わせる音。苦しさを覚えると思っていたその音に、なぜか昔々を懐かしむような寂しさと心地よさを感じる。葉のざわめきに交じって女の囁《ささや》きのようなものが聞こえた気がしたが、瞼《まぶた》の向こうに穏やかな陽の光を感じて、音が一気に遠ざかる。

ゆっくりと瞼を開いたかぐやは、自室の帳台に寝ていた。四方を囲む薄幕の帳《とばり》越しに白い光が透け、眩しさに目を細める。どうやら自分は夢を見ていたらしい。

「姫様、起きられましたか？　お部屋に入ってもよろしいですか？」

身体を起こして帳台から出ると、部屋の外から菊与納言《きくよなごん》の声がした。

「あ、はいっ」

返事をしてすぐに、「失礼いたします」と着物を手にした菊与納言が入ってくる。

「姫様のお着替えなのですが、いくつか隆勝様が見繕ったものをお持ちしました」

寝間着の白小袖《しろこそで》姿のまま、目の前に並べられた着物たちを呆然《ぼうぜん》と眺める。

都に来てから二週間余り、ほとんど黒鳶装束で過ごすことが多く、部屋では自前の数少ない衣服を着回して事足りていた。だが、まさか新しいものを用意してくれていたとは。恐らく、かぐやが持ってきていた着物に寸法を合わせて仕立てたのだろう。

「この中から、お好きなものをお選びいただけますか？」

「え……私が、決めてもいいのですか？」

「はい？　ええ、もちろんです。すべて、姫様のものなのですから」

菊与納言はなぜそんな質問をするのか、と言いたげに驚いている。

かぐやは曖昧《あいまい》な笑みを返し、再び着物に視線を落とした。

今まで自分で着るものを選んだことはない。与えられるものを、ただ身に着けるのが当たり前だったので、難題に挑んでいる気分だ。自分の感情や現状から目を背けて、なにも考えないように生きているほうが、もしかしたら簡単で楽だったのかもしれない。

人は食べる物、着る物ひとつとっても悩み、答えを出している。それを当たり前のように繰り返し、自分の意思で生きている。

（本当に人間ってすごい）

隆勝にも好きなものをこれから見つけていけと言われた。そのためにはまず関心を向けることが大事だと。

かぐやは着物に手を伸ばしてみる。その中にあった桜色の小袖と新緑色《しんりょく》の打掛が目に入ってきて、自然と見つめてしまう。

かぐやが興味を惹《ひ》かれたと思ったのだろう。菊与納言はそれを持ち上げ、広げて見せてくれた。

「春の色ですね。せっかくですし、着てみられますか？」

かぐやは迷ったものの、こくりと頷《うなず》いた。自然と目がいき、身に着けた自分を想像して胸が高鳴ったものが、それだったから。

かぐやは白小袖の上に、桜色の小袖を着る。隆勝の用意した着物は軽装であるし、普段のようにひとりでも着つけられたのだが、成り行きで菊与納言にも手伝ってもらった。

「まあ、柔らかい姫様の雰囲気によく似合っておいでですね」

菊与納言に手を引かれて鏡台の前までやってくると、隆勝が用意してくれた着物は自分でも驚くほどしっくりと似合っていた。

「お気に召しましたようですね」

「え？」

鏡越しに目が合った菊与納言は優しく目を細めている。

「姫様が笑っていらしたので」

信じられない気持ちで鏡の中の自分を見れば、口元に笑みが浮かんでいる。

（ああ……これを着て隆勝様に話したい。好きなものをひとつ見つけられましたと……）

下ろし立ての少し硬い着物の表面を手で撫《な》でる。

「姫様、そのお姿を隆勝様にお見せになってはいかがです？」

「えっ」

びっくりして声をあげてしまう。どうして、かぐやの考えがわかったのか。

驚きで身じろぎもできずにいるかぐやの肩に、菊与納言がそっと手を乗せた。

「おふたりとも昨日は帰ってきたのが遅かったですから、隆勝様も先ほど起きられたのです。今頃、日課の素振りを庭でなさっていますよ」

普段の菊与納言は見ているだけでこちらの背筋も伸びるほど端然としているのだが、今の彼女は世話焼きな母親の顔になっている。屋敷に来た日、かぐやと隆勝の間には緊張感があった。菊与納言も隆勝とかぐやの仲を心配していたことだろう。かぐやが隆勝に好意的になってきているからか、どこか嬉《うれ》しそうだ。

「隆勝様のもとへ行くなら、こちらを」

菊与納言が手拭いをかぐやの手に持たせる。そして、かぐやの身体をくるりと部屋の入口に向けさせた。

「ささ、善は急げともいいますから」

御簾《みす》の前までやってくると、かぐやは菊与納言を振り返った。

「いってらっしゃいませ」

にこやかに頭を下げる菊与納言に、かぐやは小さく会釈を返して渡殿へ出る。

隆勝のもとへ向かいながら、手のひらを青空にかざした。太陽はすでに天頂にあり、休暇を半日も寝て過ごしてしまったらしい。

いつも町を巡回している時間に屋敷でのんびりしていると、この世が妖影《かげ》に脅かされているなんて夢で、本当は平和なのではないかと錯覚してしまいそうだ。

中庭に面した簀子《すのこ》を歩いていると、どこからか風を切る音がした。そちらへ目をやれば、大きな木の下に隆勝の姿があった。藍色《あいいろ》の着流しを諸肌《もろはだ》脱ぎにして、ふっと短い息を吐きながら一心不乱に木刀を振るっている。

「……！」

半身だけとはいえ、裸の隆勝を目にしたかぐやは中庭に下りるための階《きざはし》の前で足を止め、即座に瞼を閉じた。

（どうしましょう、目のやり場に困るわ）

身体がかあっと、やりどころのない羞恥《しゅうち》に燃えそうになった。とはいえ、いつまでも立ち往生しているわけにもいかない。なんとか目を開け、そろりと隆勝に視線をやる。

隆勝の素振りを見るのは初めてだった。いつもはかぐやが起きるよりも早い時間から、鍛錬をしているのだろう。

(隆勝様ほどの武人でも鍛錬は欠かさずするのね。もう十分、強いはずなのに……)

かぐやも夜の庭でこっそり走り込みをしようと思っていたところだったので、そんな隆勝に親近感がわいていた。

汗が伝う精悍《せいかん》な横顔。無心で木刀を振るう隆勝から、目を離せずにいると――。

「気が散るのだが」

こちらを見ずに隆勝が話しかけてきたので、どきりとした。

(っ、気づかれていたのね……)

盗み見ていたことがばれてしまい、手拭《てぬぐ》いで赤くなっているだろう顔を隠す。

鼓動がうるさいくらいに鳴っていて、どうか聞こえませんようにと祈っていると、足音が近づいてきた。

「それは俺にか?」

すぐそばで隆勝の声が聞こえ、ぴくりと身体が跳ねてしまう。そろそろと目を開けたかぐやは視界に隆勝の裸体を入れないよう俯《うつむ》きながら、躊躇《ためら》いつつも手拭いを差し出す。

だが、階を上ってきた隆勝は手拭いではなく、かぐやの手首を摑《つか》んだ。

弾《はじ》かれるように顔を上げると、隆勝は眉《まゆ》を寄せてかぐやの手首を凝視している。不思議に思って彼の視線を辿《たど》れば、そこには手枷《てかせ》をつけられていたときの痣《あざ》があった。

「あ……お見苦しいものをお見せしましたっ」

すっと手を引いて後ろに隠せば、隆勝は渋面を作った。

「その傷をつけた翁《おきな》らには腹立たしさを覚えるが、お前自身にはただ……その痕《あと》が癒《い》え、辛《つら》い日々を思い出す時が減ればいいと、そう願うだけだ」

「え……」

「なにを勘違いしているのかは知らないが、その傷は追い詰められ、死ぬことすら考えたお前が生きるために戦ってきた証《あかし》だろう。それをなぜ醜いなどと思える」

かぐやは呆《ほう》けてしまう。自分の妻が傷物であるなど、気分がいいものではないはずだ。だが、隆勝は見てくれや外聞だけで人を判断するような人間ではない。でなければ、化け物であるかぐやをそばに置いたりはしない。

「戦ってきた証……そんなふうに自分の傷を見てくれる人がいるだなんて、思いもしませんでした」

かぐやは口元を緩めながら、手首の痣を指で撫でる。

「ずっと、この苦しみから解放されるには死ぬしかないと思っていました。ですが、戦っていたということは、私……本当は生きて自由になることを、諦《あきら》めていなかったということですよね」

好きなものすらわからなかった自分が、こんなにも強い望みを抱いていたことがわかって涙が出た。

自分が苦しめた人たちの顔が頭を掠《かす》めて少し胸は痛むけれど、己の欲に正直になってもいいのだと、もう知っている。だからか、前よりも自分の気持ちに罪悪感はわかない。

かぐやが目尻《めじり》を指で拭《ぬぐ》いながら、笑っていると――。

ほのかに汗の匂いがした。ふいに近づいてきた隆勝の胸に頰が当たる。腕が背中に回り、瞬《まばた》きをする間もなく隆勝に抱き締められた。

「隆勝……様……？」

一気に頰が火照る。高鳴った心の臓は今にも壊れそうで、かぐやは隆勝の腕の中で身じろいだ。

しかし隆勝は大事なものをしまい込むかのように、かぐやを強く自分のほうへ引き寄せる。着物越しに感じる隆勝の素肌の熱、速い鼓動、逞《たくま》しい腕の感触……そのすべてから、目の前にいる彼が男であることを意識する。

「これからだ。お前は諦めてきたものを、お前自身を、これからすべて取り戻す。自由は生きて謳歌《おうか》しろ」

耳元に落ちてくる隆勝の低い囁《ささや》きにくすぐったさを覚えながら、かぐやは顔を上げた。

「細《ささ》やかなことかもしれませんが……今日、私はひとつ好きなものを見つけました。隆勝様が選んでくださった、この着物です」

「ああ、よく似合っている」

向けられた優しい表情に胸がきゅっと締め付けられる。

「……っ」

褒められた恥ずかしさで、かぐやは息を詰まらせた。俯きたくなるのを必死に堪《こら》えながら、かぐやは続ける。

「着物を選ぶのもそうですが、着物姿を隆勝様に……誰かに見せたいと思ったのも初めてでした。私の心は……隆勝様のそばにいると、自由に動き回ってしまうようです」

隆勝が息を吞《の》む気配がしてすぐに、かぐやを抱きしめる腕に力がこもる。

「……なら、ずっと俺のそばにいるか？」

とくんと胸が音を立てた。

「え……」

隆勝の台詞《せりふ》は甘さを含んでいて、彼は冗談を言うような人ではないけれど、夢なのではないかと思ってしまう。だが、彼の瞳《ひとみ》には真剣な光があり、見つめているとなんだか熱が出そうだ。

互いの体温が高まっていくのが触れ合った身体から伝わってきて、溶けてしまいそうになっていると、はっとしたように腕が解《ほど》かれる。

「……っ、俺はなにを……」

隆勝は片手で口元を押さえ、珍しく戸惑っている様子だった。その反応を見るに、無意識に身体が動いていたのかもしれない。

「汗もかいているのに、すまない」

「い、いえ……」

かぐやは首を横に振り、深呼吸をして速い鼓動を静めた。

(もし、そばにいたいと答えたら……隆勝様はどうするつもりだったのかしら)

隆勝はかぐやと離縁するつもりでいる。その理由を直接聞いたことはないけれど、初任務で大失態を犯した帰り道のことだ。隆勝におぶわれながら命懸けで戦うのはなぜかと彼に聞いたとき、帝《みかど》の目指す太平の世のためだと話していた。きっと隆勝には、やるべきことがたくさんあるのだろう。

(その道を、私が妨げることはできない)

かぐやは『なぜ、先ほどあのようなことをおっしゃったのですか?』と問いたい気持ちに目を瞑《つぶ》った。聞いたところで、答えを受け止める勇気もない。自分自身、どんな返事を期待しているのかもわからない。それと今は困惑の表情を浮かべている隆勝の様子も気になる。抱擁のことを悩んでいるのだとしたら、気にしていないと言わなければ。

「あの、隆勝様。私は……嫌ではありませんでした」

「……!」

「隆勝様の腕の中にいると落ち着かない気持ちにはなるのですが、安心もできる……ので……」

「それは……」

隆勝の目がこれまで見たことがないほど見開かれ――、ふいっと視線を逸らされた。

「どう受け取ればいい？」

「え？」

「俺は、お前の親ではない」

「えっ、は、はい！　もちろんです、隆勝様の子供なんて恐れ多いです」

どうして急に親子の話に？　疑問に思いながらも、かぐやが何度も頷《うなず》くと、隆勝は苦々しい面持ちになった。

「そういうことでは……なくてだな。……いや、いい」

それっきり、隆勝は先ほどのかぐやのように手拭いで自分の顔を覆ってしまう。

これはどういう状況なのだろう。かぐやがおろおろしていると、手拭いに顔を埋《うず》めていた隆勝が恨めしそうにこちらを睨《にら》んだ。

そして、なにを思ったのか、かぐやの両頬をむにゅっと片手で挟む。

「人に心を開けるようになったのはいいことだが、男の前では気を緩めすぎるな」

「うう、たかまははは……」

名前を呼んだつもりだったのだが、言葉にならない。そんなかぐやを見て、隆勝は可《お》笑《か》しそうに肩を震わせた。

「くっ、くく……なにを言っているのか、さっぱりだ」

ぱっと弾けるような笑顔に鼓動が跳ねる。日の光を浴びて、いっそう輝いて見える彼の顔につい見入っていると、

「なんだ？」

隆勝は優しい声音で尋ねてきた。その包み込むような空気に、かぐやの口も軽くなる。

「思いきり笑った隆勝様は初めて見たので……嬉《うれ》しい、なと……」

正直に心を明かせば、静かな瞳がじっと見つめてくる。隆勝の眼差《まなざ》しに縫い留められ、身体が動かなくなった。そこに見えない引力でもあるかのように、顔が近づいていく。抑えられない、触れたいという衝動。これを人は、なんと呼ぶのだろう――。

相手の吐息を感じられるほど、すぐそばに唇がある。もし触れてしまったら、隆勝との関係は、かぐや自身はどう変わってしまうのか。互いにあと少しの距離を縮められないでいると……。

「おふたりとも、お茶が入りましたよ」

菊与納言の声がして、かぐやと隆勝は同時に離れた。

かぐやたちが目を合わせられず、どぎまぎしていたからだろう。簀子《すのこ》を歩いてきた菊与納言は口元を着物の袖《そで》で覆い、ふふふっと笑う。

「お邪魔してしまいましたか？」

隆勝はため息で相づちを打ち、くるりと背を向けた。その耳はほんのり赤く、かぐやまで照れてしまう。

「寝過ごしたせいで、朝餉《あさげ》も食べ損ねたな」

不自然なほど唐突に話題を変えられ、かぐやは目を瞬かせた。

「ええと……そうですね」

「では、町に出ないか。昼餉を外で食べるのはどうだ」

黒鳶は本当に激務で、思えば都に来てから町をゆっくりと見て回る余裕がなかった。好奇心がわいたかぐやは、隆勝の誘いに「ぜひ」と頷いたのだった。


食事処で蕎麦《そば》を平らげたあと、かぐやと隆勝は茶屋で買った串《くし》団子を頬張りながら、町をゆっくりと歩いていた。

横にいる隆勝をこっそり見ると、彼は冠をかぶり、小袖《こそで》の上から藍色《あいいろ》の袍《ほう》を重ね着し、松葉色の袴《はかま》を穿《は》いている。仕事着ではないからか、隆勝をいつもより身近に感じられて、半刻《はんとき》前まで直視できなかった。

かぐやも隆勝の贈ってくれた着物を身に着けたまま外に出た。笠《かさ》もかぶるか迷ったが、今日は隆勝がいるからと置いてきている。

普段は動きやすい黒鳶装束を身につけることが多かったせいか、初めはこの格好で外に出るのは落ち着かなかったが、ようやく慣れてきたところだ。

町の景色に目を向けられる余裕も出てきた。露店では鼈甲《べっこう》のごとく美しい飴《あめ》細工が売られていたり、広場に玉乗り猿を連れた旅芸人などがいたりと、物珍しさについきょろきょろしてしまう。

すると隣から、ふっと笑い声がした。隆勝を見上げると、こちらに手を伸ばしてくる。

「お前は子供か」

気が緩んだからだろう、頬にみたらしのくずあんがついていたらしい。それだけでも顔から火が出る思いだったが、重ねて隆勝はくずあんを拭《ぬぐ》った指を舐《な》めてしまった。

(恥ずかしい……)

俯《うつむ》いていると、隆勝はどこ吹く風で「いや……」と神妙な面持ちになる。

「お前は子供だったな。大人びているから、つい忘れる」

はしたないと思われてしまっただろうか。そろりと視線だけ上げれば、隆勝は特に気にした様子もなく、こちらを見た。

「うまいか?」

「は、はい」

屋敷で出る食事のほうが豪勢なのに、この素朴なみたらし団子のほうがおいしいと感じるのはなぜなのか。違いがあるとすれば、隠岐野の里でも隆勝の屋敷でも家の者とは別々に食事をとっていたが、今はひとりではないということだ。

誰かととる食事は、どんな食べ物であっても美味《おい》しく感じるのかもしれない。そう思ってすぐに、前にもどこかで同じようなことを誰かに言われたような……と考える。誰かと食事をとったことなど、今までないはずなのに。

「なら、俺のも食べるといい」

団子が欲しくて隆勝を見たわけではなかったのだが、そう勘違いされたのだとしたら、食い意地が張っていると思われたに違いない。重ねて恥ずかしい。

「あ、ありがとうございます……」

自分のぶんの団子をくれる隆勝に頭を下げるが、もう顔を上げられそうにない。

「た、隆勝様は……食べ歩きをよくなさるのですか？」

「ああ、任務中は黒鳶堂《くろとびどう》に戻る暇もないからな。見回りがてら食事をとる癖が抜けない」

かぐやが黒鳶に入ってから、仕事の片手間に食事をとったことはない。どこかの店かやむを得ない場合は川べりに座って軽食をとっていた。きっと、かぐやが落ちついて食事をとれるように心を配ってくれていたのだ。

「今度は私も、ご一緒させてください」

「だが、それでは休めないだろう」

隆勝は少し怪訝《けげん》な顔をしたが、かぐやは小さく笑いながら手元の団子に視線を落とす。

「私はもともと、納屋や格子のついた帳台の中に閉じ込められていたのですが……」

そう切り出すと、隆勝は表情を曇らせる。彼はかぐやが置かれていた状況を知っているような物言いをすることがあった。隠岐野の里で隆勝と初めて会った日、かぐやが力の反動で倒れたそのときに、なにか見聞きしたのかもしれない。

まだ怖さはあるが、隠岐野の里を出たからこそ振り返ることができる。置かれていた状況を理解できていなかった頃の自分を。

「そこで与えられるままに食べ物を口にしていたときは、味を楽しむことに必要性を感じていませんでした。多分なのですが、生きる理由がおじいさまやおばあさまへの罪滅ぼしであって、自分のためではなかったからかもしれません」

隆勝はかぐやの話を聞くとき、決して憐《あわ》れみの視線を向けたりはしない。

かぐやが自分は劣った人間だと自虐的にならず、言いたいことを呑《の》み込まずに伝えられるようになったのは、彼がこんな自分とも対等に接してくれるおかげだ。

「今、隆勝様と食べ歩きをしていたら、食事がただ命を繋《つな》ぐための行為ではなくて、人生の楽しみのひとつなのだと、生きている喜びを実感できるものなのだとわかりました。ですから皆さんと一緒のほうが、今みたいにもっと美味しく食べられます」

はにかみながら、かぐやが隆勝を見上げると、彼も同意するように頷く。

「誰かととる食事は、いいものだ」

隆勝の言葉に、「あ……」とまた既視感を覚えた。

さらさらと竹の葉が歌う音がどこからか聞こえ始め、目も覚めるようなみずみずしい緑が視界を占領する。気づけば、かぐやは竹林の中にいた。

『知らないの？　誰かと食べるご飯はおいしいのよ』

透き通る声がして横を見ると、隣には娘がひとりいる。

逆光で顔は見えないが、かぐやに女の友人はいない。それなのになぜか、見知らぬ娘と切り株に座って、おむすびを食べているのだ。

『そのとき、誰が隣にいるかで見える景色も変わるの。ねえ、私といると、世界が明るく見えたりしない？』

これは幻なのだろうか。それ以外にありえないのだが、込み上げてくるこの切ない気持ちは、確かに現実そのものだ。

足を止めたかぐやの手から、串団子が落ちる。瞬《まばた》きをすれば瞳《ひとみ》から雫《しずく》が落ち、視界が鮮明になるのと同時に景色は町中に戻っていた。

少し先で隆勝が不思議そうに、かぐやを振り返る。

「……なぜ泣いている」

隆勝は少し焦った様子でそばにやってくると、かぐやの顔を覗《のぞ》き込んだ。

「あ……なぜ、でしょう」

頬に触れてみれば、指先が濡《ぬ》れた。

まるで実体験であるかのような鮮明な幻に、切なさと幸せを感じた。だからといって泣くだなんて、本当に自分はどうしてしまったのだろうか。自分でもこの身に起こっていることが理解できないのに、隆勝になんと説明すればいいのだろう。

隆勝は泣きながら頭を抱えるかぐやを見かねてか、

「わかった。わからないなら、それでもいい」

あやすような口調でそう言い、かぐやを抱き寄せた。

「すみません、悲しいわけではなくて……ただ、誰かとの食事は本当に美味しく感じられるのだな……と」

隆勝は穏やかに「そうか」と相槌《あいづち》を打つ。

「それから……隆勝様といると、目の前に広がっている景色が明るく見えるのです。いい未来しか、待っていないみたいに……」

翁《おきな》と媼《おうな》といた頃は、いつも世界は薄暗かった。ひとりで都に来たときも、まるで色褪《いろあ》せた風景画を見ているようだった。同じ景色を見ていても、誰が隣にいるかで景色の映り方はこんなにも変わる。

隆勝は目を見張っていた。やがてすっと視線を逸《そ》らすと、彼の癖なのか片手で口元を押さえる。

「俺は……お前といると、時が穏やかに流れている気がする。心が……休まる」

自分とは不釣り合いな言葉を喋《しゃべ》っている、と言いたげな照れが感じられた。

「俺は……任務以外でなにかに夢中になることは……滅多になくてな。だが、お前の着物は時も忘れて選んでいた」

「そうなの……ですか？」

隆勝が夢中になって女物の着物を選ぶ姿が想像できない。難しい顔をしていたのだろうか、真剣な顔をしていたのだろうか、それとも微笑んでいたのだろうか。できれば、その瞬間に立ち会いたかった。

「初め、お前は月の下が似合う女だと思っていた。だが、共にいるうちに快活な面もあると知った。陽の下で甘く香る春のような女でもあると」

かぐやが「えっ」と大きく瞬きをすると、隆勝が目を見張る。

「なぜ、そこで驚く」

「いえ、あの……私も同じようなことを思っていたのです。隆勝様は月光のようでいて、日光のような方でもあると」

「そう……か。ならば俺たちは似ているのだろうな」

「隆勝様に似ているだなんて……恐れ多いですが……嬉しいです」

はにかむ隆勝に笑みを返すと、

「……っ、着物……なのだが」

隆勝は即座にかぐやから目を逸らした。

「選んでいるときから、お前に似合うと思っていた。こうして、その着物に身を包むお前が見られてよかったと……思っている」

「あ、ありがとうございます」

嬉しさが心に降り積もって、溢れてしまいそうだ。

ふたりでなんとなくお互いを見られずにいると、躊躇《ためら》いがちに隆勝が口を開く。

「それから……今度からは、家でも一緒にとらないか」

一瞬なんの誘いか迷ったが、すぐに思い当たる。

「食事を……ですか？」

「そうだ。お前さえよければ……だが」

隆勝はかぐやを見ないまま、もごもごと口を動かしている。

普段は大将として大勢いる下役の上に立っている人が、食事の誘いひとつで緊張しているだなんて……。信じがたい光景に驚きながらも、胸にはまた喜びが溢《あふ》れていた。

「隆勝様が許してくださるのなら、ぜひ」

互いに笑みを交わしていると、ふいに隆勝が地面に目を向けた。

「団子が……落ちてしまったか。新しいのを……買うか？」

話題の変え方がぎこちなく、かぐやはむず痒《がゆ》い空気に身を捩《よじ》る。

「あ……せっかく買っていただいたのに、申し訳ありません。ですが、もう胸がいっぱいで食べられそうにありませんから……お気持ちだけ、いただきます」

かぐやは胸を押さえて肩を竦《すく》めた。

「では行くか」

隆勝が自然と腕を伸ばしたので、かぐやはその袖《そで》を摑《つか》む。それから、ふたりで苦笑しつつ歩き出した。大路を挟むように並ぶ露店を、なんとなく眺めていると。

「あ……」

簪《かんざし》やちりめん細工の巾着《きんちゃく》袋など、小物が並ぶ露店が目に入り、かぐやは足を止めた。

「見ていくか？」

かぐやは頷《うなず》き、隆勝と店の前まで行く。

数ある商品の中から、かぐやは菊の飾りがついた帯留めを手に取った。

「帯留めか」

隆勝が、かぐやの手元を覗き込む。

「はい、菊与納言に似合いそうだなと思いまして」

黒鳶の仕事を始めてから、かぐやも給金を貰《もら》えるようになった。翁と媼に送るべきかとも考えたが、結婚の際に十分な金は渡しているので自分のために使えと隆勝に言われたのだ。とはいえ、その使い道がなかなか見つからず、仕事以外で外出する機会もなかったので、巾着の中に眠らせたままになっていた。

「菊与納言のものを選んでいたのか。初任給は自分のために使ったらどうだ？」

「その……今日、どの着物を着るか悩んでいたとき、菊与納言がこれを着てみるかと勧めてくださったのです。自分の買い物ではありませんが、これも私のしたいこと……なので、日頃の感謝も込めて差し上げたいなと……」

言っている途中ではっとして、かぐやは隆勝を見上げる。

「あ、このような安物では却《かえ》って失礼になってしまうでしょうか？」

隆勝は驚いたようにひとつ瞬《まばた》きをすると、すぐにふっと表情を緩めた。

「いや、喜ぶはずだ。ならば俺は……」

さっと商品を眺め、隆勝は赤い帯紐《おびひも》を手に取ると、かぐやに見せる。

「その帯留めに合いそうな、この帯紐を贈ろう」

「素敵だと思います」

お互いの手にある帯留めと帯紐を近づけて笑みを交わす。

隆勝はかぐやの持っている帯留めを改めて見ると、その眼差《まなざ》しを和らげた。

「菊与納言は若い頃から俺に仕え、その貴重な時を俺のために費やしてくれたのだ。俺にとっては親のような存在だ。気遣ってくれたこと、感謝する」

「いえ……私のほうこそ、お世話になっていますから……孝行をしたかったのです」

そう言って思い出すのは、遠い地に残してきた翁と媼のことだった。

「私には、もうその機会があるかわかりませんから……」

翁と媼はもう自分のことなど忘れてしまっただろうか。用済みになった娘など、興味すらなくしてしまっただろうか。

「お前はまだ、翁たちのことを?」

「……家族として、情はあります」

いい意味でも悪い意味でも簡単には切り離せない存在というのが、この世にはいる。

「たとえどんな目に遭わされたとしても、ふたりがしてくれたことがすべて消えてなくなるわけではありませんから……」

隆勝は「……そうか」と、辛《つら》そうに笑った。

「お前はすごいな」

　かぐやが首を傾げると、隆勝は静かに語り出す。

「俺が、先帝が気まぐれに孕《はら》ませた端女《はしため》の子であることは、どこかで耳にしただろう」

　内心どきりとしたが、かぐやは「……はい」と神妙に頷いた。

「乳母《うば》からは、母は俺を捨てて逃げたと言われたが、恐らくは先帝の名誉を守るために……」

　さわりだけだが、菊与納言から先帝をたぶらかした罪で殺されたかもしれないとは聞いていた。それが帝《みかど》の命だとすれば、隆勝には怒りをぶつけることも嘆き悲しむこともできない。許されるのは帝のために沈黙することだけだ。

「だが、もし生きていてくれたならと願う気持ちもあってな」

「息子なら、当然だと思います！」

　身を乗り出しながら言えば、隆勝は帯留めを持つかぐやの手に自分の手を重ねる。

「だがな、母が自分を捨てて逃げたという話を否定できる根拠がない。もしその話が本当だったらと、恨んでいた時期も……あった」

　懺悔《ざんげ》するように告白する隆勝は、かぐやよりもずっと年上だというのに、迷子の子供のようにも見えて、重なっていた彼の手を思わず握ってしまった。

「……貧しい生活になろうと、一緒に連れていってほしかった……ですよね」

　隆勝は心の内を言い当てられたかのように息を吞《の》んだ。

「私も……おじいさまやおばあさまから、痛みしか貰えないと知っていても……愛されたいと……思っていましたから」

隆勝は寂しげに笑う。彼の胸にも埋まらない空洞があるのだと、胸が締め付けられた。

「母の立場を考えれば、逃げ出すしかなかったのもわかるがな」

また、同じだと思う。親を愛さずにはいられなくて……いや違う。親が自分を愛さないわけがないと信じたくて、良い子でいればいつかと、心を殺してきた自分と。

「その、もしお母様が生きていらっしゃったら、今でも会いたい……ですか？」

「叶《かな》うならばな。だが、向こうはどうだろうな。せめて、生きていてくればいいと思っている」

本心を笑って流そうとする隆勝が痛々しくて、胸が張り裂けそうになった。

「お前は……両親のことはどう思っている」

「……私も、赤子のときに竹林に捨てられていたそうで……両親の記憶はありませんが、どこかで生きていてくれたらと……」

予《あらかじ》め決められていた台詞《せりふ》をなぞっているような薄っぺらい言葉。

隠岐野の里を離れて、他の人の考えに触れるようになって、自分が置かれていた状況がおかしいことに、なんとなく気づき始めていた。かぐやのためだと言いながら傷つける行為が、本当は翁と媼自身の利益のためだったということも……今ならわかる。

「申し訳ありません、隆勝様。私は嘘を……つきました」

「嘘？」

かぐやの言葉が意外だったのか、隆勝の顔に驚きが滲《にじ》んでいた。

「私は……両親にも、おじいさまにもおばあさまにも、自分を嫌わないでほしい。その気持ちを利用されるのは……嫌、です。それと、どうして捨てたの？　捨てるくらいなら産まなければよかったのにと……怒りたい」

盲目的に愛を求めていた頃の自分とはもう違う。

「私を助けてくれた人たちに、こんな感情を抱く私は……冷たい人間でしょうか？」

隆勝は首を横に振り、かぐやの手を握り返した。

「いいや、俺も嘘をついた」

「え……隆勝様も、ですか？」

面食らって、かぐやは目を瞬《またた》かせる。

隆勝は「ああ」と相槌《あいづち》を打つと、自分の胸に手を当てた。

「……そうか、お前にはこういう感情も曝《さら》け出していいのだな」

心からふいにこぼれた、そんな響きだった。

隆勝は少しばかり余韻に浸るように沈黙すると、やがてまっすぐかぐやを見据える。

「実はな、俺もお前と同じだ。そっくりそのまま、お前が言ったのと同じ言葉を本人にぶつけてやれたらと思っていた」

肩の力が抜けたように隆勝は笑う。雲が晴れたような清々《すがすが》しい表情に、不覚にも目を奪われた。

「店主、代金だ」

手が離れると、隆勝が店主に銀貨を払おうとした。

かぐやも慌てて帯留めのぶんの代金を出し、品物を懐に大切にしまう。

ふたりで露店に背を向けると、隆勝が手を差し出してきた。先ほどまで繋《つな》がっていたからか、温《ぬく》もりが恋しい。

かぐやは胸の鼓動が速まるのを感じながら、彼の手を取った。大きな温もりがかぐやの手をしっかりと包み込み、そのまま歩きだす。

今日は自分のことだけでなく、隆勝のこともたくさん知れた。その喜びを噛《か》みしめて、繋いだ手を見つめていたからか、どうにもくすぐったい気持ちになる。

「海祢にも前に言われたのだが、俺とお前は似ているな。ゆえに必要以上に自分を偽らずに済むのかもしれん」

かぐやも同じ気持ちだった。一歩下がってその背を追いかけるよりも、隣に並んで歩く距離がしっくりくると思えるほどに隆勝を近くに感じる。

「……駄目だな」

自嘲《じちょう》するような呟《つぶや》きに、思わず隆勝を見上げた。

隆勝は前を向いたままで、その横顔には切なげな苦笑が滲んでいる。

「お前を自由にしてやらなければならないというのに」

そばにいられるのは今だけ、その現実を思い出して胸がちくりと痛んだ。

隆勝はいつか、かぐやを手放す。実際、嫁いできた初日に宣告されたのだ。

『お前が望めばいつでも離縁するつもりだ。むしろ、俺もそのほうが助かる。女に現《うつつ》を抜かす時間はないのでな』

隆勝が兄である帝のため、太平の世のため、黒鳶としてより多くの妖影《かげ》を狩ることにすべてを捧《ささ》げているのを知っている。恐らく、それが隆勝に求められた役割であり、他にもかぐやのあずかり知らない事情もきっとあって、他のことを考える余裕はないのだ。

(それでも……寂しい)

そんなふうに思う日が来るなんて、都に発《た》ったときのかぐやは想像もしていなかった。

「お前は……いつか必ず、俺に触れられることを恐れる」

ぼそりと落とされた言葉が、頭の中をぐるぐると回っていた。

触れられたことなら、これまでもあった。初めは怖さもあったけれど、あれはかぐやが翁からの折檻《せっかん》を思い出すからであって、隆勝のせいではない。それに今はもう、恐ろしいとは思わないのに……。

もっと詳しく意味を尋ねたいけれど、隆勝は顔を背けている。聞かれたくなさそうにしているのは、その態度でわかった。

声をかけられずにいると、隆勝の手から力が抜ける。繋がりを解かれそうになるのを感じて、とっさに手を繋ぎ直すと隆勝が目を見張った。

「あっ……」

ほとんど無意識だった。離されたら、もう二度とそばにいられない気がして怖かったのかもしれない。

「わ、私……っ、今日で好きなものがたくさんできました。この手も……好きです」

焦っていたからといって、今口走った言葉はどうかと思うが、隆勝を引き留められるならなんでもいい。赤くなっているだろう顔もそのままに、彼から目を逸《そ》らさない。興味があるものを前にしたら、そうしろと教えてくれたのは彼だ。

離すものかと手を強く握っていると、隆勝は息を呑んで視線を逸らす。

「……お前は少し、言葉を選ぶことを覚えるように」

照れているのだろうか、隆勝の耳が赤い。

珍しくてまじまじと眺めていると、隆勝がちらりと視線を寄越《よこ》してきた。

「俺に好かれて困るのは、お前のほうだぞ」

それっきり隆勝は唇を引き結ぶ。どこか葛藤《かっとう》している様子の隆勝に、かぐやも話しかけるのを躊躇《ためら》ってしまった。

そのとき、繋いだ手に力が込められる。かぐやの願望かもしれないが、離したくないのは同じだと想いを返してくれているようで、今はそれで十分だと思えた。

「隆勝、かぐや姫！」

人混みの中から声がして、ぱっと手を放す。見られていたらと思うと恥ずかしくて、かぐやは気を静めるように髪を直した。

隆勝を見上げれば、すでにいつもの表情に戻っていた。それを少し寂しく思いながら声のしたほうへ顔を向けると、海祢中将が小走りでやってくる。

「屋敷のほうへお邪魔する予定だったのですが、ここで会えてよかった！　かぐや姫も、ご機嫌麗しゅう」

急いでいるように見えたのだが、恭しい挨拶《あいさつ》を忘れないところが海祢中将らしい。

かぐやが笑みを浮かべながら「海祢中将もお疲れ様です」と頭を下げると、彼は申し訳なさそうに手を合わせる。

「夫婦水入らずのお出掛けをお楽しみのところ、申し訳ありません。見回り中に早馬が来まして、親戚《しんせき》の姫君の外出に付き添ってほしいと頼まれたのですが、俺はこの通り任務中です」

眉《まゆ》を下げて笑い、海祢中将は黒鳶装束を見せるように両腕を広げる。

「そこで姫君のお相手を、かぐや姫にお願いしたいのです」

「わ、私……ですか？」

動揺のあまり、言葉がつかえる。

海祢中将の親戚ということは、かぐやが相手をするのはきっと貴族の女性《にょしょう》だろう。話し下手なうえに、高貴な女性が好むような話題も知らない自分に務まるとは思えない。

かぐやが返答に困っていると、隆勝がため息をついた。

「休暇を勧めたのはこのためか」

「もちろん、おふたりに夫婦の時間を過ごしてほしかったから、というのも本心ですよ」

にこやかに海祢中将は答える。

「わかっている。善意のついでに自分の用事も頼んでくるあたり、相変わらず抜け目のない男だと思っただけだ。だが、よくあの男が許したな」

隆勝の言葉の意味がかぐやには理解できないのだが、海祢中将には伝わっているらしく、疲弊したように微笑する。

「やっともぎ取れた外出日ですよ。さすがに姉弟の仲を引き裂いたとなれば体裁が悪いのでしょう。今度外出すると、あちこちで言いふらした甲斐《かい》がありました」

「それで俺たちをも欺くとは、策士だな」

「敵を欺くにはまず味方から、とも言うではありませんか」

隆勝の冷たい視線を、海祢中将はけろりと受け流している。

「これまでのように俺がご一緒してもよかったのですが、変わっていくかぐや姫を見ていたからでしょうか。いい刺激になるのではないかと思いましてね」

期待を含んだ眼差《まなざ》しを向けられ、かぐやは首を傾げる。

「いかがでしょう、お引き受けいただけませんか？」

「あ、その……」

今日、かぐやを連れ出したのは隆勝だ。意向を尋ねるように彼を振り返る。

「俺からも頼む。お前にとってもいい刺激になるはずだ」

ふたりの頼みだ。叶《かな》えたいのは山々なのだが、自信がなくてかぐやは俯《うつむ》く。

「私は喋《しゃべ》り上手でもありませんし、高貴な方が好むような話題も知りません。私で務まるでしょうか？」

屋敷の者たちや黒鳶の隊員たちとは普通に会話できるようになったが、なんの接点もない初めて会う姫となにを話せばいいのか。いや……それだけではない。本当はまだ怖いのだ。黒鳶の皆のように、こんな自分を受け入れてもらえるだろうか、と。

「こちらを見ろ」

顔を上げると、隆勝はまっすぐにかぐやを見つめていた。

「失敗したからといって、お前を罵《ののし》り、手を上げるような者は少なくとも俺たちの知り合いの中にはいない。だが、もしそういう人間が現われたとしても恐れるな」

勇気が出るまじないでもかけるかのように、隆勝の手が頭に乗る。

「お前は普段、妖影を相手にしている黒鳶の姫巫女《ひめみこ》だ。妖影より恐ろしい相手がこの世にいるか？」

一瞬冗談かと思い、きょとんとしてしまうが、隆勝は真顔だった。

妖影より恐ろしい者がいるか。隆勝の言葉を咀嚼《そしやく》してみれば、不安がちっぽけなものに思えてくる。

「い、いません」

「お前は自分が思っているより弱くはない」

その一言が胸に沁《し》みる。不安で凍りついていたかぐやの身体を溶かすのは、それだけで十分だった。

「私、お引き受けします」

隆勝の目元がふっと緩んだ。隆勝は静かに、かぐやの頭から手を下ろす。

「女同士であるほうが話も弾むだろう。俺は女を怖がらせるからな、店の外にいるが、なにかあれば駆けつける」

こくりと頷《うなず》くと、海祢中将がかぐやの手を掬《すく》うようにとった。それに少し驚いたが、もう身が竦《すく》むほどの怖さは感じない。

「感謝します、かぐや姫。あなたならきっと、いい友人になれるはずです」

「友人……少し、楽しみになってきました」

海祢中将は「ふふっ、それはよかった」と笑い、かぐやから離れた。

「あ、念のため、黒鳶であることは伏せておいてください。黒鳶は好意的に見てもらえることのほうが少ないですから」

「わ、わかりました」

「では、参りましょうか」

海祢中将に連れられて向かったのは、大路沿いにある甘味処だった。店先に緋毛氈《ひもうせん》が敷かれた縁台が置いてあり、日よけに赤い野点傘《のだてがさ》が立てられている。

「俺の名前を店主に伝えれば、席まで案内してもらえますから。姫君たちの歓談が終わりそうな頃合いに、また様子を見に行きます」

海祢中将はこのあと任務に戻るのだろう。笑顔で手を振る彼と励ますように頷く隆勝に送り出され、かぐやは店の暖簾《のれん》をくぐった。

「あら、いらっしゃい！」

梅鼠《うめねず》色の着物の上から紺の前掛けをつけたふくよかな女店主が、はつらつとした笑みを浮かべてかぐやを出迎えた。

「あ、あの……海祢中将のお知り合いの方と待ち合わせを……」

「ああ！　聞いてるよ。ほら、あそこの窓際の席に」

女店主の視線の先には菖蒲《しょうぶ》色の小袖《こそで》に淡藤色の打掛を着た三十くらいの女性が座っており、格子窓のほうをぼんやりと眺めていた。後ろで束ねられた楊梅《やまもも》色の髪、柔和な藤色の垂れ目に海祢中将の面影が重なり、やはり親戚なのだなと納得する。

「ありがとうございます」

女店主に頭を下げ、意を決して彼女のもとへと向かう。彼女のいる席の前で足を止めたかぐやは、胸の前で両手を握り締めると思い切って声をかけた。

「こ、こんにちは」

「えっ」

弾《はじ》かれたように振り返ったその人は、聡明《そうめい》そうな双眼を見開いている。

「えと、海祢中将に頼まれて来たのですが……」

海祢中将なら前もって説明していると思うのだが、待ち人と違う人が来て驚いているのだろうか。

かぐやがあわあわしているのに気づいたのか、彼女はふっと笑った。

「そうでしたか。よろしければ、お座りになってください」

彼女の向かいの席を勧められ、かぐやは「は、はい……」と緊張しながら椅子に腰かける。真正面から改めて見た彼女には、儚《はかな》げな美しさがあった。

「あの、海祢とはどういう……？」

話しかけられたかぐやは、緊張でぴんと背筋を伸ばしてしまう。

「あっ、私は黒鳶……の海祢中将に助けられたことがありまして、お礼をしたいとお伝えしましたら、任務がある自分の代わりに親戚の方の付き添いをお願いできないかと……それで、ここに……」

「そうでしたか、海祢がそんなことを……」

彼女はなぜか苦笑いしていた。

「巻き込んでしまって、ごめんなさいね。私は淡海《おうみ》、あなたは？」

「私はかぐやです」

「かぐやさんね。これもなにかの縁、よろしければお茶に付き合ってくださいますか？」

年上の女性に申し訳なさそうに頭を下げられ、かぐやは恐縮しながら首を縦に振る。

「わ、私で務まるかはわかりませんが、ぜひよろしくお願いします」

お辞儀をすれば、淡海も同じように「こちらこそ」と頭を下げる。

甘味処で互いにぺこぺこしている姿はなんだか滑稽《こっけい》に思えて、笑いを誘う。先にぷっと吹き出したのは淡海だった。

「私たち、なにをしているのかしらね」

かぐやも彼女につられて、ふっと笑ってしまう。

「本当ですね」

ひとしきり笑って緊張がほぐれたからだろう。淡海は席にあったお品書きを、かぐやのほうへ向けて開いた。

「先に注文を済ませてしまいましょうか」

「は、はい……！」

お品書きに目を通してはみたものの、品数の多さにすぐに音を上げた。

「あの、淡海様はなにがお好きですか？　私は甘味処へ来たのは初めてなので、どれがいいのかわからなくて……」

「私も似たようなものです」

お品書きから視線を上げると、淡海は苦い笑みを微《かす》かに頰に含んで肩を竦める。

「ほとんど屋敷から出ないので、外で食べるのも久しぶりなの」

ふたりでお品書きを持て余したように見下ろしていると、女店主が近づいてきた。

「迷ってるのかい？　だったら、うちはあんみつを売りにしてるんだ。抹茶と一緒にどうだい？」

淡海が「なら、そうしましょうか」とこちらを見た。かぐやも「はい」と頷き、ややあってあんみつと抹茶が目の前に置かれた。そのとき——。

「おおい！　俺たちのお茶、忘れてねえか！」

客のひとりが怒鳴る。かぐやと淡海は大きく肩をびくつかせ、震える自分の身体を抱きしめた。

「まったく、客はひとりじゃないってのにさ、せっかちで困るねえ」

あんみつと抹茶を運んできた女店主は、騒いでいる客のほうを見て顔を顰《しか》めている。

「怖がらせて悪かったね……って、大丈夫かい⁉　ふたりとも顔が真っ青じゃないか！」

こちらを振り向いた女店主に指摘されて初めて気づく。かぐやと同じように異常なまでに萎縮《いしゅく》する身体、血色を失った顔。呆気《あっけ》にとられたように淡海と見つめ合う。

（なんなのかしら、この感じ……）

互いに同じことを考えている。なんとなく、そう感じた。だが、相手の異変に気づきながらも踏み込むのは躊躇《ためら》われた。

「申し訳ありません、大丈夫……よね？」

淡海が気遣うような視線を寄越《よこ》してくる。

「あ、はい。お気になさらず……」

かぐやがぎこちなく頷くと、女店主は頬に手を当てながら申し訳なさそうに言った。

「そうかい？　本当に悪いねぇ」

かぐやたちの席を離れた女店主は先ほどの客のところへ行き、ガミガミと注意していた。残されたかぐやと淡海の間には、訊《き》きたいことがあるのに訊けない。そんなぎこちない空気が流れており、抹茶を口に運ぶ回数も増える。

「かぐやさんは海祢に助けられたと言っていましたよね？」

先に沈黙を破ったのは淡海だった。

「え？　あっ、はい、そうです」

かぐやは身構えた。とっさについた嘘だ。突っ込まれて聞かれると、ぼろを出してしまいそうで、はらはらしながら淡海の言葉を待つ。

「お礼をしたいとおっしゃっていたけれど、本当は海祢と出かけたかったのではない？」

かぐやは抹茶茶碗を持ったまま「へ？」と呆気にとられた。

すると抹茶茶碗を口に運ぼうとした淡海も「え？」と目を見開いて動きを止める。

「あら、違うの？　海祢、女の子にとても人気なものだから、てっきりかぐやさんも海祢との逢引《あいびき》を望んでいたのではないかと……それなのに私の相手をさせられてしまって、申し訳ないなと思っていたのですが……」

淡海も慌てているが、かぐやもそれに負けじとあたふたしながら弁明する。

「ち、違いますっ。私、これでも夫が……っ」

「そ、そうだったのね。私ったら、早とちりをしてしまって……そうよね、かぐやさんくらいの年頃の女の子なら、もうそういう相手がいてもおかしくはないわよね」

淡海は頬に手を当てて苦笑いする。

「改めて、失礼を許してね。私ったら駄目ね。こんなだから、あの方も……」

目を伏せた淡海の表情が深く沈んでいく。ああ、彼女も闇を抱えているのだ――それがどんなものかはわからないが、ただその事実だけを理解した。

「あ……た、食べません……か？　あんみつ……」

気の利いた言葉が出てこず、かぐやは目の前のあんみつの器を持ち上げる。

淡海はきょとんとした顔でかぐやを見つめていたが、すぐに小首を傾げてゆっくりと微笑んだ。

「ありがとう、かぐやさんは優しいのね。いただきましょうか、あんみつ」

ひとまず笑ってくれたことにほっとして、かぐやは「はいっ」と匙《さじ》を持ち、ふたりで甘味を味わう。

「わあ……甘い。でも、先ほど隆ま……」

言いかけて、はっと口を閉じる。

(あれ、隆勝様の名前を出してよかったんだったかしら？)

一瞬動きを止めたかぐやを、淡海は不思議そうに見つめている。

今のかぐやは黒鳶に助けられ、そのお礼をしに来た町民だ。それなのに黒鳶大将と串団子を食べた話などしたら、どんな関係か聞かれてしまうのでは？　口下手な自分のことだ。根掘り葉掘り質問されたら、彼の妻であることや黒鳶の一員であることをうっかり話してしまいそうで怖い。淡海に隠し事をするのは気が引けるけれど、黒鳶であることは伏せるようにと言われているし、黙っていよう。

「あ……先ほど、お、夫にみたらし団子を買っていただいたのですが……なぜでしょう。あんみつも美味《おい》しいのに、あのみたらしの甘さが上書きされてしまうのは寂しいな、と考えてしまって……」

あんみつに視線を落としながら、頭に浮かぶのは隆勝の顔。ようかんやこし餡《あん》、果物の載っているあんみつのほうが甘さや味の豊富さでいえば上なのだが、隆勝が買ってくれたみたらし団子の味がもう恋しい。

おかしいなと軽く首を捻《ひね》っていると、淡海が「あらあら」と口元を袖《そで》で隠しながら肩を揺らしている。

「かぐやさんは本当に旦那《だんな》様のことが好きなのね」

淡海が放った『好き』の言葉が、左の胸に強く打ち込まれたような感覚があった。

「え……す、好き……？」

「違うのかしら？　でも、旦那様の話をしているときのかぐやさん、本当に嬉《うれ》しそうな笑みを浮かべていらっしゃったから、てっきり……」

また早とちりだったかしら、と淡海は眉《まゆ》を下げて笑う。

実際、みたらし団子を隆勝と食べたあの時間を思い出すと胸に喜びが込み上げる。そのとき、自分が誰かを恋い慕っているような顔で笑っていたように見えたのなら、もしかしたら淡海の言う通りなのかもしれない。それを絶対に違うと言い切れない自分もいるからか、恥ずかしくなってあんみつに視線を落とし、匙で白玉を転がす。

「こ、恋かどうかは……意識したことがなく……わかりません」

「婚姻は家同士の結びつきのために親の意向でするのがほとんどで、恋愛婚は珍しいものね……」

身分がある者や立派な商家に生まれた者は特にそうだ。そして平民であっても働き手が欲しいからだとか、家事をさせたいからだとか、そんな親の都合で許婚《いいなずけ》も結婚する時期も決められてしまうなんてことも珍しくはない。

「けれど、結婚してから夫になった人に恋をすることもできると思うわ。考えたこともない？」

淡海の問いに、かぐやは悩む。

「はい……特別な人には変わりないのですが……」

「それだけわかっていれば、十分だと思うわ」

視線を上げれば、淡海は優しくも寂しげな眼差《まなざ》しをこちらに向けていた。

「旦那様に向ける感情に名前がなくても、その顔を見ていれば、あなたはいい人に巡り会えたのだとわかるもの」

「そう、でしょうか？」

「ふふ、その人といて胸が高鳴るのに、ほっとする……違う？」

「っ、それは……」

屋敷の階《きざはし》で隆勝に抱きしめられたときのことを思い出し、かぐやは顔から火が出そうになりながら項垂《うなだ》れる。

「はい……」

「素直でよろしい」

そう言って笑った淡海の顔が、やはり海祢中将に重なる。綺麗《きれい》な敬語の間に親しみのある砕けた言葉が交ざるからだろうか。かぐやは淡海と、すっかり打ち解けていた。

「私も夫がいるけれど、あなたのように一緒にいてほっとは……できません。ですから、なにがあっても、今の旦那様を離しては駄目よ？」

一緒にいてほっとできない理由は聞かなかった。淡海がさりげなく見せた心の内は、簡単に触れていいものではないと感じたからだ。代わりといってはなんだが、かぐやの内側も少しだけ見せるように自分のことを話す。

「でも……そばにいられるのは、今だけなのです。夫はいつか、私を手放すつもりなので……」

婚姻しているのに手放すつもり、というのが引っかかっている。淡海はそんな顔をしていたが、複雑な事情を察した様子で、かぐやの言葉の続きを待っている。

「もともと仮初の結婚でしたし、忙しい方ですから、妻にかまけている時も惜しいのだと思います。けれど、そばにいれば目をかけずにはいられないお優しい方で……ご自分のためにも、私のためにも離縁するつもりなのです」

かぐやに自由に生きてほしい、自分に縛り付けたくないという隆勝の気持ちもあるのだろう。かぐやも太平の世のために突き進む隆勝の邪魔はしたくない。けれど――。

「……事情はわからないけれど、大切だからこそ距離を取ってしまうことってあるわよね」

淡海の言葉が、しっくりきた。

『……なら、ずっと俺のそばにいるか？』

あの言葉をそのまま受け取ってもいいのなら、隆勝もかぐやと一緒にいたいと思ってくれている……？　けれど、お互いがお互いを気遣って踏み込めないでいるのだとしたら、これが大切だからこそ距離をとってしまうということなのだろう。

新しい気づきをくれた淡海に、かぐやは前のめりに問う。

「あの、淡海様」

「ふふ、淡海でいいわ」

「あ、お……淡海さんも、大切だから誰かを遠ざけてしまったことがあるのですか？」

淡海は沓形《くつがた》の抹茶茶碗のくびれを指で撫《な》でながら、ぼんやりと底の見えない抹茶を見つめて沈黙した。しばらく過去を振り返るように遠い目をしていたが、やがてかぐやに視点を合わせ、淡海は口を開く。

「……私には弟がいるのですが、これがなにをやらせても、すぐにうまくこなしてしまうよくできた弟で……って、身内自慢になってしまったわね」

口元に手を当て、照れたように笑う淡海にかぐやも頰を緩める。

「仲のいい姉弟なのですね。私はひとりっ子でしたので、羨《うらや》ましいです」

「あら、かぐやさんのような妹なら、大歓迎ですよ？」

重苦しい空気を変えるためか、淡海は明るく言った。

妹を愛《め》でるような淡海の眼差しに、かぐやは少しだけ俯《うつむ》いて照れてしまう。

「天誠帝《てんまてぃ》の世になってからは風通しがよくなりましたが、先帝の世の卿廷《らんてぃ》は二大公家《くげ》が高官を占める閉鎖的な場所でしたから、弟を含めてそれ以外の者はその能力を役立てる機会すら与えられなかったのです」

淡海はまるで自分のことのように悔しそうにしている。姉弟というのは、自分の分身みたいなものなのだろうか。

「そんなときでした。私のところに雲の上のような方との縁談が舞い込んできたのです」

彼女の瞳《ひとみ》は憂いの色に沈んでいる。結婚が必ずしも幸せに繫がっているとは限らない。先ほども話題に出たが、ほとんどが本人の意思で決められるものではない。家にとって得があるかどうかがすべてで、心や想いなんて二の次だからだ。

「淡海さんは……その縁談が嫌だったのですか？」

「嫌……というよりは、身分不相応で恐れ多いと思っていました。お相手の方は血を重んじる方でしたから、私では釣り合わないなと」

淡海からは菊与納言に似た利発さを感じるのだが、それを鼻にかけることもない。謙虚な方なのだな、とかぐやは思う。

「帝《みかど》から命じられたものでしたが、身の丈に合わないと身を引くこともできたでしょう。私の価値など、相手方の一族にとってはないに等しいものでしたから」

自分を卑下するな、と皆がかぐやに言う気持ちがわかった気がする。

綺麗で、品もあって、淡海のような女性《にょしょう》ならば縁談は引く手数多《あまた》だろうに、本人がその魅力に気づいていないというのはもどかしい。

「それでも……淡海様はお受けしたのですか？」

「ええ。この婚姻は確実に家名を上げ、弟の出世に役立ちます。私も習字やお琴、和歌……女の身で学ぶことが好きでしたから、余計に家柄で弟の才が埋もれてしまうのは惜しいと思ったのかもしれません」

「まさか、その婚姻が弟さんと距離ができる原因に……？」

淡海は肯定するように曖昧《あいまい》な笑みを浮かべた。

「……夫には妾《めかけ》がいるようなのです。花楽屋《からく》に頻繁に足を運んでいるようなので、恐らくそこの花娼《かしょう》ね」

かぐやは慰めの言葉ひとつかけられなかった。結婚した相手が自分以外の誰かを愛する可能性を考えていなかった。既婚者の男が妾を作るなど珍しいことではないのに、無意識のうちに隆勝に限ってありえないと思っていたからだろうか。衝撃は大きかった。

けれど、自分よりも魅力的な人に夫が出会ってしまったなら。心なんて縛れないから、妻は受け入れるしかない。だから淡海は特別だと思えた隆勝を離しては駄目だと言ったのだ。もう二度と、心が通じ合える人とは出会えないかもしれないから。

「結婚生活がうまくいっていないせいで、弟は自分を責めているのです。自分を出世させるために私を犠牲にしたと。決めたのは私であって、あの子のせいではないのに」

どちらの気持ちも相手を想って生まれたものなのに、それが却《かえ》ってわだかまりになってしまうなんて、人間の心は複雑だ。

「淡海さんが結婚を決めたとき、相手の方が自分を受け入れてくれないかもしれない……という予感は、あった……のですよね？」

先ほど淡海自身が言ったのだ。相手は血を重んじる人で自分では釣り合わないと。

「ええ」

「私も……守ってもらえるのは嬉《うれ》しいですけれど、それで大切な人が辛《つら》い決断をしなくてはいけなかったり、傷つかなければならないのだとしたら……辛いです」

淡海の表情が切なく歪《ゆが》み、かぐやは思わず卓上にあった彼女の手を握る。

「守ってくれなくていいから、そばにいてほしい。私やその弟さんがそう思っていても、私の夫や淡海さんのお気持ちは変わらない……のでしょうか」

淡海はかぐやの問いを重く受け止めるようにしばし沈黙し、ゆっくりと目を伏せた。

「……それが、弟の本音なのかもしれないわね……」

そうぽつりと呟《つぶや》き、淡海はかぐやを見つめる。

「かぐやさんの旦那《だんな》様の気持ちを代弁することはできませんが、私は弟が行きたい場所に辿りつけて、もう私の力が必要なくなったそのときは、素直に心に従って、家族のもとへ帰りたいと……そう思います」

どんなに分かち合いたいと思っていても、曲げられない意思もあるのだと知る。大切な人のためだからこそ、互いに譲れない。

ならば他になにができるだろうと、かぐやは自分なりに考えてみる。

「もし夫が今の淡海さんと同じ考えだったとしたら……私にできるのは、早く夫が心配しなくてもいいくらい、強くなること……なのでしょうか」

淡海は悩ましげに「そうですね……」と視線を落とした。

「大人になっても強くなっても、弟はずっと守りたい弟のままですし……それと同じように、かぐやさんがどれだけ強くなったとしても、旦那様にとってかぐやさんは守りたいお嫁さんのままなのではないかしら」

「では、私はどうすればあの方のそばにいられるのでしょうか……」

いたい場所にいるために、努力することを覚えたからかもしれない。捨てられるのを恐れながら待っているだけではなにも変わらないと、もうわかっている。

「今の気持ちを話すだけで、いいのではないかしら？　人のことだから偉そうなことを言えるのかもしれないけれど、お互いに大切なのに気持ちがすれ違ってしまうのは、心を通わせる時間が足りていないからなのかもしれないもの」

今日も淡海と出会って、言葉を交わして、新しいことを知った。

人の心は難しくて、きっと単純なことを願っているはずなのに、想いすぎてうまく嚙《か》み合わない。複雑に絡んだ糸のようなそれを、ひとりでなんとかしようとしても、がんじがらめになって、にっちもさっちもいかなくなってしまう。多分なのだが、相手と一緒に確かめ合いながら、捻《ね》じれや結び目をほどいていかなければならないのだ。

「今日はありがとうございました。久しぶりに笑ったわ」

夕日に照らされた甘味処の前で、かぐやは淡海と向き合っていた。彼女の後ろにはお付きの者と牛車《ぎっしゃ》が見える。

隆勝も店の前で待っていると言っていたはずなのだが、姿は見えない。黒鳶の関係者だと知られれば、かぐやが気まずい思いをすると思って、どこかに隠れているのかもしれない。

「私も淡海さんと話せて楽しかったです」

「それなら、また会ってくれると嬉しいわ」

「……っ」

自分に会いたいと思ってくれる人がいるなんて。どうしようもなく、嬉しい。

前のかぐやなら期待するなと自分を戒めただろうが、甘味処で過ごした時間の中で、心が通い合う瞬間がいくつもあったのを感じた。そのひとつひとつが、淡海が自分に向ける好意が勘違いではないと信じられる理由だ。

「はい、私もまた淡海さんに会いたいです！」

「ふふ、よかった。海祢を通じて、また連絡しますね。それと……」

淡海はかぐやの手を取り、両手で包むように握った。

「どうか、あなたとあなたの大切な人が幸せでありますように。そう願っているわ」

自分のために幸せを願ってくれる人に出会えたことにも胸を打たれる。

手を振りながら、牛車に乗って去っていく淡海を見送っていると、そばで足音がした。

「楽しめたようだな。いい顔をしている」

驚いて隣を見上げると、いつの間にか隆勝が立っていた。

「隆勝様！」

「俺もいますよ」

反対側を振り返ると、海祢中将の眩《まぶ》しい笑みがあった。

「姫君同士、盛り上がったようですね」

「あ……つい話し込んでしまって、お待たせしてしまいましたか？」

日がこんなに傾くほど、淡海との語らいに夢中になるとは思っていなかったのだ。口下手な自分では相手を退屈させてしまわないだろうかと不安だったが、そんなことを考える暇もなく、かぐやも楽しんだ。

「いえいえ、気にしないでください。俺が頼んだんです。あの方もいい顔をしていましたし、むしろお礼を言いたいくらいですよ」

海祢中将もどこかに身を潜めて、様子を見ていたのだろうか。そんな物言いだ。

「かぐや姫も楽しめましたか？」

「あ、はい！　最初は緊張していたので、ふたりでぺこぺこと頭を下げてしまって、それがおかしくて……」

海祢中将と隆勝は「なんだか想像できますね」「そうだな」と言い、そのときのかぐやたちを想像しているのか、宙を仰ぐ。

「初めて甘味処へ来たので、なにを頼むか一緒に悩んでしまって……お店の人に勧められて、ふたりであんみつを食べました」

海祢中将と隆勝は「そうでしたか」「そうか」とどこか微笑ましそうに相槌《あいづち》を打つ。

話を聞いてもらえるのが嬉しくて、かぐやは思いつくままに今日の出来事を話した。

「それから、淡海さんの弟さんのお話をしました」

それを聞いた海祢中将は目を瞬《またた》かせる。

「弟の話……ですか？」

「はい。淡海さんは優秀な弟さんが誇らしいそうで、弟さんのためにしたことで弟さんが自分を責めているのを悩んでおられて……」

淡海のことを勝手に話すのは躊躇《ためら》われ、少し抽象的になってしまったが、かぐやの気持ちを汲《く》んでか海祢中将も隆勝も詳しくは聞いてこなかった。

「でも、弟はずっと弟なのだそうです」

意味を測りかねている様子で、海祢中将にしては珍しく眉根《まゆね》を軽く寄せている。

かぐやがうまく説明できなかったせいだと思い、なんとか付け加えるように言う。

「ですから、力になりたい気持ちは曲げられなくて……ですが、弟さんが行きたい場所に辿りつけて、もう自分の力が必要なくなったら、素直に心に従って、家族のところに帰りたいと……おっしゃっていました」

「あの方が、そんなことを……」

海祢中将は口元を片手で押さえた。

「海祢中将？」

かぐやがその顔を下から覗《のぞ》き込むと、海祢中将は少し動揺したように笑う。

「あ、すみません。あの方はあまり、本心を見せてはくださらないので、意外で」

「そうなのですか？」

「ふふ、しっくりきませんか？　ということは、きっとあの方はかぐや姫には心を開くことができたんですね」

海祢中将は安堵《あんど》したような微笑を漏らす。

「お前は淡海殿の話を聞いて、どう思った」

後ろから隆勝が話に入ってきて、かぐやは悩むように視線を宙に向けた。

「私は……淡海さんの気持ちよりも、弟さんの気持ちのほうに肩入れしてしまいます。私のために傷つかないでほしい。でも、どうしても自分が守られる存在にしかなれないのなら……強くなりたいと……思うだろうなと……」

自分に重ねているからか、言葉にも感情が乗る。

そこでなぜか、海祢中将が「ははっ」と笑った。ぎょっとして振り返れば、海祢中将は前髪を掻《か》き上げながら、晴れやかな色を顔に浮かべていた。

「かぐや姫には、本当に敵《かな》いませんね。俺まで元気になってしまいました」

「えっ、海祢中将はなにかに落ち込まれていたのですか？」

「ええ、少しだけ。ですが、かぐや姫が今、俺の心を軽くしてくれました」

「そうなのですか……？」

実感がなく首を捻《ひね》るかぐやに、海祢中将は目線を合わせるように屈《かが》んで、「そうなんです」と一緒になって軽く頭を傾ける。

「俺としてはこの穏やかな空気のまま帰りたいところなのですが、そうもいかないのが黒鳶あるあるですね」

そう言って身体を起こした海祢中将は、隆勝とかぐやの前に回り込んだ。

「俺がここに戻ってきたのは、他にも用がありまして」

「被害に遭った者から話が聞けたか」

隆勝はすぐに察しがついたのか、先回りする。

かぐやもそこでようやく、海祢中将が任務の報告をしにきたのだと気づいた。

「被害に遭った者というのは、昨日妖影《かげ》に憑《つ》かれた女の人たちのこと……ですか？」

妖影に憑かれたあと意識を失っていたと思うのだが、目が覚めたのだろうか。

「ええ、そうですよ。被害に遭った方々は家に居場所がない者や身寄りのない者ばかりでした。彼女たちは急に意識がなくなり、気づいたら外にいたそうです」

被害に遭ったのは全員女性《にょしょう》だった。もしかしたら今日も、居場所や身寄りのない女性が狙われるかもしれない。そんな不安が胸を掠《かす》め、かぐやは両手を握り締めながら、海祢中将の報告を聞く。

「妖影が女性を狙った理由として挙げられそうなのは、男よりも女性の身体に憑くほうが警戒されずに人間に接触できると考えたからでしょう」

「女は力では男に敵わないからな。油断した男を集めて喰《く》らうこともできる」

海祢中将は「男はいろんな意味で女性には勝てませんからね」と肩を竦めた。

「そして居場所や身寄りのない女性を使うのは行方がわからなくなろうと捜されないからではないかと。現に他にも数名、被害に遭った方がいたというのに、俺たちはその方々を見落としています」

「えっ……」

毎日巡回しているのに、黒鳶が事件にすら、気づかなかったなんて……。

「都にいる身寄りのない女性で行方がわからなくなっている者が他にいないか、浮浪人の多い町外れのほうで聞き込みをしたのですが、案の定でした。数日前から近くに住んでいた女性の姿を見ないなどの証言が、近所の町民たちから数件ほど取れています」

生きていてくれればいいけれど、最悪な事態も考えられる。沈鬱《ちんうつ》な雰囲気が漂い始める中、隆勝の目には敵を逃がさないとばかりに鋭い光が宿っていた。

「やはり妖影が計画的に動いている、ということか」

「そうですね。夜叉《やしゃ》の影響でしょうか。人の姿を模している稀有《けう》な妖影でしたし、獣の姿をした妖影よりも知恵があるのかもしれません」

「やっかいだな。やむを得ん、次、妖影憑きとなった女を見つけた場合、周囲への被害を考慮しつつ、すぐには討たずに泳がせる」

隆勝の言葉には、有無を言わせない圧があった。

「その行先で妖影たちの目的もわかるはずだ。なにか大きな事が起こる前に討たねばならん」

綺麗《きれい》事だけで解決できるほど黒鳶の仕事は甘くないのだと、こういうときに理解する。共に死線をくぐり抜けた相棒だからか、海祢中将は大将の指示に迷いなく頷《うなず》いた。

「わかりました。隊員にはそのように通達しましょう。それでは我らが大将殿、姫巫女《ひめみこ》殿、また黒鳶堂で」

海祢中将が去っていくのを眺めていると、隆勝がかぐやを振り向く。

け遠くなった。

隆勝はかぐやに合わせて歩き出す。屋敷を目指して小路に入ると、町の喧騒《けんそう》が少しだ
「あ……はい!」

「俺たちも帰るぞ」

「友ができてよかったな」

「友……隆勝様、一緒にお茶をして、お話をしただけでも、お友達になれたと思ってもよいものなのでしょうか?」

かぐやの問いかけに、隆勝は少し悩んだようで、返答までに間があった。

「友の定義というのは考えたことがないが、お前がそう在りたいと思うなら、それでいいのではないか?」

「そう……なのですね。ふふ、嬉《うれ》しいです」

「嬉しい? 友ができたからか?」

脈絡がないように聞こえてしまっただろうか。隆勝は不思議そうに訊き返す。

「それもありますが、また新しいことを教わりましたので」

なるほどな、と隆勝は腑《ふ》に落ちた顔をする。

「ありがとうございます、隆勝様。どんな形であれ、都に来てから私はこんなに幸せでいいのかと思うくらい幸せです」

「いいに決まっている。お前が幸せになってはいけない理由のほうがない。もっと幸福

を知るべきだ。できるなら、俺が……」

　かぐやの頭に手を伸ばした隆勝だったが、悲しげに言い淀《よど》み、力なく腕を下ろす。

　隆勝は、かぐやがいつか触れられるのを恐れるようになると口にしていた。それがなぜなのかはわからない。尋ねても、まだ答えはもらえないだろう。隆勝ははっきりした人だ。話せるなら、もうとっくに話しているだろうから。

『今の気持ちを話すだけで、いいのではないかしら？』

　淡海はお互いに大切なのに気持ちがすれ違ってしまうのは、心を通わせる時間が足りていないからだと教えてくれた。

「──隆勝様」

　かぐやは勇気を振り絞って、自分から隆勝と手を繋《つな》ぎ、彼を引き留める。振り向いた隆勝は立ち止まり、自ら触れることを恐れないかぐやに驚きを隠せない様子だった。

「私……隆勝様が心配しなくてもいいくらい、強く……なります」

（そうしたらいつか、隆勝様の抱えているものを私に教えてくださいますか？）

　分かち合わせてほしいのだと訴えるように、彼の目を見つめた。

　隆勝の表情から強張《こわば》りが解けていき、返事の代わりに繋いだ手を強く握られる。

「……もう十分だと思うがな」

　隆勝は呟《つぶや》き、かぐやの手を引いて歩き出した。

　かぐやは隆勝の背を見上げ、心の中で語りかける。

（足りないです。いただいた幸福のぶん、お返ししたいのです。隆勝様……）

そばにいられるならいたいけれど、どうしても離れなくてはならないのなら。せめて一緒にいられる間に、できるだけのことをしよう。かぐやは密《ひそ》かに、そう心に誓った。

「お帰りなさいませ」

屋敷に戻ると、菊与納言が出迎えてくれた。

――『お帰り』。隠岐野の屋敷では耳にすることのなかった挨拶《あいさつ》を菊与納言から聞くたびに、ここが自分の帰る場所なのだと少しずつ思えるようになった。

かぐやと隆勝が顔を見合わせると、菊与納言は訝《いぶか》しむように首を傾げる。

「……？　一体どうされ……」

「菊与納言」

彼女が言い終わる前に、かぐやと隆勝は声を揃えて贈り物を差し出す。かぐやが包みを開き、中身を見せれば、菊与納言は目を見張った。

「これは……菊の帯留めと……帯紐《おびひも》、ですか？　まさか、わたくしに？」

菊与納言の瞳《ひとみ》に涙が薄く光っていた。震える眉《まゆ》や弧を描く唇に喜びが滲《にじ》んでいる。

「贈り物を贈りたいと言い出したのは、かぐや姫だ。俺もこんな機会でもなければ、お前への感謝を伝えられなかっただろう。いつも助かっている、菊与納言」

「隆勝様……いいえ、わたくしが隆勝様からもらったものに比べれば……これからも誠心誠意、お仕えいたします」

菊与納言は袖《そで》で目元を拭《ぬぐ》いながら頭を下げると、さっそく帯紐と帯留めを身に着け、かぐやに向き直った。

「姫様、どうでしょう？　似合いますか？」

「あっ……はい！　とっても」

首振り人形のように頷いて、かぐやははにかむ。

「今日は菊与納言のおかげで隆勝様と一緒に過ごすことができました。この屋敷を家だと思えるようになったのも、菊与納言がこうして私のことも当然のように待っていてくださるからです。本当に、ありがとうございます」

「まあ、当たり前ではありませんか。姫様はもう家族なのですから」

菊与納言は、かぐやを抱きしめた。母の体温というものがあるとしたら、きっと今かぐやを包んでいるぬくもりのことを指すのだろう。

菊与納言の胸に頬をくっつけて泣きそうになっているかぐやを、隆勝が優しい眼差《まなざ》しで見守っている。

（この屋敷が私の家で、ここにいる彼らが新しい家族なんだわ）

驕《おご》りでも願望でもなく、そうなのだと実感することができた。

「あ、わたくしとしたことが大事なことを忘れておりました」

菊与納言はかぐやの肩に手を乗せ、慌てたように身体を離す。

「姫様、零月《れいげつ》様がいらっしゃっていますよ」

「えっ、本当ですか」

つい声が弾んだ。前に町で再会したあと、零月は何度か屋敷を訪ねてきてくれていた。だが、そのいずれも日中黒鳶として働いているかぐやは不在で、約束をしようにもいつ帰れるかもわからなければ、確実に休みがとれる日はほとんどないに等しく、なかなか実現していなかったのだ。かぐやが黒鳶で働いていることも知っているので、零月には手間だけでなく心配もかけてしまっただろう。

「応対してくださって、ありがとうございます」

「お礼には及びません。姫様にとって兄のような方だと隆勝様からお聞きしております。姫様の大切な方を丁重にもてなすのは当然のことです」

誰かを思いやるということは、その人が大事にしている繋がりも守るということなのかと、また大事なことを知る。

「……行くのか」

隆勝を振り返る。その声にはいささか、落胆が滲んでいるような気がした。

「は、はい。せっかく来ていただいたので……」

戸惑いながら返事をすると、隆勝は眉を寄せてかぐやを見つめる。その瞳にはかぐやを案じるような、それでいて咎《とが》めるような複雑な感情が渦巻いているようだった。

わけもわからず見つめ返していると、隆勝がふと視線を外した。

「お前は誰の妻だ」

「へ……隆勝様の……です？」

呆然《ぼうぜん》としながら首を傾げると、隆勝が軽く睨《にら》んでくる。

「なぜ、疑問そうに言う」

菊与納言に視線で助けを求めるが、困ったように笑うだけで助け舟は出してくれない。

一体どうすれば……。

「いいか、警戒は忘れてくれるな。相手が信頼できる者であってもだ」

「わかり……ました」

迫力に押され、かぐやは首を縦に振る。

前に町で零月と会った際、瞳の色が金色だったことから、かぐやのときと同じように隆勝は零月を妖影憑きかもしれないと疑っているような様子だった。それでかぐやを案じてくれているのだろう。

隆勝はかぐやの返事を聞くと、寝殿に向かって歩き出した。その背を見送っていると、ふと隆勝が足を止めた。

「黒鳶で姫巫女《ひめみこ》をしていることくらいは……兄に話してやれ。お前が黒鳶でなにをしているのか、わからないことが多いほど零月殿も不安になるはずだ」

「隆勝様……ありがとうございます」

零月を警戒しながらも、かぐやが大切に思っている兄のことを気遣ってくれる。隆勝は厳しくも思いやりに溢《あふ》れた人だ。

歩き出した隆勝は振り返らなかったが、彼が先ほどまで纏《まと》っていたぴりついた空気はもう消えていた。

「素直になれないのは昔からですわね……」

一緒に隆勝を見送っていた菊与納言が呟いた。

かぐやが「え？」と聞き返すと、彼女はこちらに向き直る。

「ささ、姫様はもうお行きください。部屋で零月様がお待ちですよ」

「あっ、はい。行ってまいります」

菊与納言の言葉に甘えて、かぐやは北の対へ向かった。渡殿を進み、御簾《みす》を上げて自室に足を踏み入れると、円座《わろうだ》に腰を下ろしていた零月が振り返る。

「かぐや姫、戻られましたか」

微笑みながら立ち上がった零月に、かぐやは駆け寄った。

「零月兄さん、お待たせしてしまって申し訳ありません！　会いに来てくださって、ありがとうございます」

「いいえ、こちらこそ急にすみません。何度か屋敷を訪ねたのですが、私の片想いに終わっていたので、今日は想いが通じてよかった」

洒落《しゃれ》た言葉で再会の喜びを伝えてくる零月に、かぐやは小さく笑ってしまう。

「零月兄さんに懸想してしまう女性《にょしょう》の気持ちが、今わかった気がします」

「かぐや姫のお心だけ、射止めることができれば十分ですよ」

軽口を交わしながら、かぐやは零月と向き合うように座った。

頃合いとしては今かと、かぐやは少し緊張しながら切り出す。

「あの、私が屋敷を留守にしていることが多く、零月兄さんにはご心配をおかけしてじまったかと……それで、その……私が黒鳶隊でなにをしているのか、気にされているのではないかと……思いまして」

「話してくださるのですか？」

かぐやは肯定するように頷き、静かに口を開いた。

「実は、黒鳶で姫巫女として働いているのです」

零月は不思議そうな表情を浮かべる。

「姫巫女、ですか？」

「はい。その……特別な力を買われて」

噂は耳に入っているだろうが、自分の口から妖影《かげ》を倒せる力のことを零月に話せてはいなかった。だが、この力で助けられた人もいる。前ほど力に対して嫌悪感はなかった。

(私がしていることは、恥ずかしいことではないもの)

逆にそう思うことは、かぐやの力を信じてくれている黒鳶の皆にも失礼だ。

「実は……」

かぐやは妖影を無意識に狩っていたこと、夜叉《やしゃ》に狙われたことでその力が本格的に目覚めたために隆勝のところへ嫁ぎ、黒鳶に入ることになったことを掻《か》い摘《つま》んで説明した。その間、零月は始終真剣な目色で、ときどき言葉に詰まるかぐやを見守ってくれていた。

「大変な思いをしてきたのですね」

話し終えても、零月は変わらなかった。そばに来て、労《いた》わるようにかぐやの腕に手を添える。

「ですが、大変なだけではありませんでした。黒鳶の皆さんのおかげで、こんな私でも誰かの役に立てることを知れました。私のことを受け入れてくれる場所があることも知りました。私の世界は広がったのです」

「かぐや姫は……彼らを信じているのですね」

腕に触れている零月の手に力がこもる。

「はい。皆さんが私の可能性を信じてくださったので、少しずつではありますが、ありのままの自分を、私自身も受け入れられるようになって――」

言いかけている途中で、零月がかぐやを押し倒した。背中に衝撃が走り、気づいたときには目の前に、天井と表情のない零月の顔があった。

「零月……兄さん？」

なにが起こったのかがわからない。驚きで頭が痺《しび》れてしまったようだった。

「人間は欲深い、この世は汚物の掃《は》き溜《だ》めのようだ」

「え……」

零月らしからぬ、品のない物言いに耳を疑った。今の言葉は、本当に零月の口から放たれたものなのだろうか。

「あなたのその無垢《むく》な心を騙《だま》し、利用し、裏切る。あの翁《おきな》方がいい見本です。里の者たちがあなたにどんな目を向けたか、忘れたのですか？」

「っ、忘れてなど、いません……」

零月はかぐやの腕を強く摑《つか》んでいる。痛みに小さくうめきながら答えるが、零月は放してはくれない。

「希望を見出《みいだ》すような場所ではない。むしろ絶望すべきだ」

忌々しそうに吐き捨てられた零月の一言に困惑する。かぐやの知る限り、零月がこんなにも激しい感情を露《あら》わにしたことはなかったからだ。

零月も親に捨てられた過去を持つ。もしかしたら、抑え込んでいた憤りや目を背けてきた心の傷を自分が無意識に刺激してしまったのかもしれない。

「かぐや姫、私は……どんな人間に見えますか？」

「え……それは、優しい兄のような人で……私を、いつも見守ってくれて……」

零月はふっと唇で弧を描く。けれど目は少しも笑っておらず、底冷えしそうな金の光を湛《たた》えてかぐやを見下ろしている。

初めて、零月に対して恐怖を感じた。

「そう思わせているのは、なにか裏があるからかもしれませんよ？」

「そんなことを……す、する理由が……っ」

かぐやが身を震わせ、顔を強張《こわば》らせるたびに、零月の表情に歓喜が浮かぶ。

「たとえば、いつかあなたを手ひどく傷つけたいからだとしたら？　最も信じている人間に裏切られたほうが、より絶望を感じられるでしょう？」

零月は痛めつけるような笑みを口端に浮かべ、かぐやの頬を片手で軽く掴むと、顔を近づける。

「今の私の態度を見ても、あなたの知らないところで、私がひどい裏切りを働いていることはないと、迷わずに言い切れますか？」

「……っ」

――言えない、かぐやが見てきた零月が違う顔を持っている可能性を否定できるだけの材料がない。

「他の人間がそうであるように、私にも裏の顔があるとしたら？　それを知っても、あなたは今まで通り、兄と私を慕うことができますか？」

近づく唇に身体が凍りつく。だが、なぜだろう。怖くても彼のことを嫌だとは思わないのだ。

どうして、自分を貶《おとし》めるようなことばかり言うのだろう。なぜ、嫌われるようなことばかり言うのだろう。

理由はわからないけれど、かぐやは恐怖に搦《から》めとられる腕をなんとか上げて、恐る恐る零月の頰に手を添えた。

「零月兄さん、なにか辛《つら》いことが……あったのですか？」

僅《わず》かに目を見張った零月の動きが止まる。

「私には……零月兄さんが自分で自分を痛めつけているように……見えます。どんな理由であれ、私の大切な兄を……傷つけないでほしいです。あなた自身であっても」

話しながら、かぐやの目から熱い涙が溢《あふ》れ、頰を濡《ぬ》らしていく。

「見ていて辛い……」

零月は泣いているかぐやを見て、「くっ」と急に胸を押さえて苦しみ始めた。

「零月兄さん！」

その肩に手を置くも、乾いた音を立てて振り払われてしまう。それに胸がちくりと痛むが、なにより零月のことが心配だった。

「どこか痛むのですか？」

「……まだ、私を案じるのですか」

心配するに決まっているのに、まだ自分を傷つける零月にかぐやは生まれて初めて苛《いら》立《だ》ちというものを覚える。

「もし零月兄さんが本当にひどい人だったとしたら、私があなたをそうさせている人や場所から攫《さら》ってみせます！」

「どうして……」

零月はかぐやから身体を離し、背を向けると、俯《うつむ》きながら深く息を吐き出した。

「どうしてあなたは、そこまで汚い人間を信じるのですか。本当に理解できません」

「零月兄さん、怒っているのですか？　ですが、私も今回は少し怒って……」

床に手をつきながら彼の背に近づく。後ろからその顔を覗《のぞ》き込もうとすると、零月が振り返った。

「……すみません、やりすぎました」

眉《まゆ》を下げて優しく笑う零月に、かぐやは「え？」と狼狽《うろた》える。

「黒鳶に来た経緯を聞いたとき、婚姻はあなたの力目当てだったと知り、少し心配になったのです。今はうまくやっているようですが、隆勝様や黒鳶の方たちをそこまで信用していいものかと……」

「えと……？」

まだ状況が理解できないでいるかぐやに、零月は身体ごと向き直る。

「かぐや姫に危機感を持っていて欲しかったのですが、まさか泣かせてしまうとは。本当に申し訳ありません」

かぐやの涙を拭《ぬぐ》いながら、零月は項垂《うなだ》れる。

(怒っていたわけでは、なかったのね……)

かぐやは、ほっと息をついた。

隆勝にも警戒は忘れてくれるなと、注意をされたばかりだ。そんなにも、自分は隙があるように見えるのだろうか。まだまだ、黒鳶として鍛錬が足りないのかもしれない。

「零月兄さん、よいのです。私を案じてくださったのでしょう？」

「ですが、心配など私の押しつけでしかありません。あなたを不安にさせてしまった」

顔を上げてはくれたが、肩を落としたままの零月にかぐやは苦笑する。

「私は押し付けなどとは思っていません。気遣ってくださって、ありがたいです」

そう言ったかぐやを、零月は感慨深げに見つめた。

「姫は変わりましたね。表情は生き生きとして、瞳《ひとみ》にも輝きがある。そして、私を励ませるほど強くなった」

零月は複雑な表情で、かぐやに笑いかけている。

「姫を変えたのは、隆勝様たちなのでしょう？　それがわかっていても、私はかぐや姫がまた傷つけられやしないか、心配でたまらないのです」

「そのお気持ちが、私は嬉《うれ》しいです。ですが、怖がって疑うのではなく、信じる強さを持ちたいのです。でなければ私は、この世に絶望して、人に絶望して、籠《かご》の中に引きこもって……そこで一生を終えることになってしまうから」

自分が追いかけてきた隆勝や凛少将、海祢中将……黒鳶の彼らの背を思い出して、迷いなく言えた。

「では、巣立っていくかぐや姫を私は応援するしかありませんね」

零月は少し寂しそうに肩を竦《すく》めたが、切り替えるように言う。

「それはそうと、今日は黒鳶のお仕事ではないのですか？　装いがいつもと違うので」

「あ、実は珍しくお休みをいただけて、隆勝様と、それから……お友達と、先ほどまで町にいたのです」

「へえ……そのご友人はなんという方なのですか？」

「淡海さんという方です。もともとは海祢中将……仕事仲間から頼まれてお会いしたのですが、思いのほか話が弾んでしまって」

「ふふ、その愛らしい笑顔を見れば、本当に楽しい時を過ごせたようですね。今度は私ともぜひ町に行きましょう」

「零月兄さんとですか！　隠岐野の里では叶《かな》わなかったので、今からわくわくしてしまいます」

我慢できずにはしゃいでしまうと、零月は可笑《おか》しそうに笑う。それから互いの近況報告を兼ねた他愛のない話をした。

「さて、そろそろお暇《いとま》しましょう」

腰を上げる零月につられて、かぐやも立ち上がる。

「もう帰られるのですか？」

寂しさを隠せず、情けない声になってしまった。

零月は困ったように笑い、かぐやの頬を撫《な》でる。

「そのように残念がらないでください。夕餉《ゆうげ》の時間も近いですし、ご迷惑になってしまいますから」

零月と共に部屋の入口まで歩いていくと、彼は足を止めてかぐやに向き直る。

「見送りはここまでで大丈夫ですよ。それではまた、顔を見に来ますね」

御簾《みす》を上げて部屋の外に出た零月は「あ」と、なにかを思い出したような声をあげた。

御簾越しに見える彼の影がこちらを向く。

「最近、女性が妖影《かげ》に狙われていると風の噂で聞きました。ご友人とまた会う際は、お気をつけて」

「は、はい、ありがとうございます」

「いえ、それではまた」

零月の足音が遠ざかる。

（もう町で、妖影が女性を狙っている噂が広がっているのかしら……）

隆勝も大事が起こるかもしれないと心配していたので、零月の忠告がなかなか頭から離れず、かぐやはしばらく御簾の前から動けなかった。

四章　勲章という名の傷

『……姫、カグヤ……姫……』

頭の中でこだまする声と、遠くで響く笛の音色に意識が徐々に浮上していく。雨の響きが聞こえ始め、纏《まと》わりつくような陰湿な空気を感じたかぐやは瞼《まぶた》を開いた。

頭も視界も朝靄《あさもや》を纏う山景色のように曖昧《あいまい》でぼんやりとしている。かぐやは糸操り人形が糸を引かれるかのように、すうっと上半身を起こして帳台を出た。

寝間着の白小袖《しろこそで》一枚で、襲いかかるような夜の雨の中を裸足《はだし》でどんどん歩いていく。

『……カグヤ、姫……』

『モット……絶望、シロ……』

『罪ヲ知レ……』

――呼ばれている。数が多い、うるさい。

大路には等間隔にかがり火が焚《た》かれている。べちゃべちゃと泥に足をつくたび、小袖の白が汚れていく。胸にはやりきれなさや望みを絶たれてしまったような悲しみ、なにかをやり遂げなければという使命感に似た感情が渦巻いている。この気持ちは誰のもので、なにに対するものなのだろう。

夢うつつの頭でそんなことを考えながら、足を動かしていたとき――。

「――おい！」

後ろから腰を抱き寄せられた。ゆるゆると振り返ると、隆勝の切羽詰まった顔が間近にある。隆勝は白小袖の着流しの上から藍色《あいいろ》の羽織を肩にかけただけの薄着で、冠も被《かぶ》らずに長い髪を後ろで緩く結んでいた。

「隆勝……様？」

彼を見たら気が緩んだ。ふっと身体から力が抜け、ずるずると座り込む。

「しっかりしろ、俺がわかるか？」

かぐやに合わせて腰を落とした隆勝に両肩を揺すられ、次第にふわふわとしていた意識が鮮明になっていく。雨の冷たさ、土の匂いがはっきりと感じられるようになり、まるで夢から覚めたようだった。

「わた、し……」

「屋敷からお前が出ていくところを従者が見ていたらしい。声をかけても反応がなく、様子がおかしいと俺を呼びに来たのだ。覚えていないのか？」

かぐやは隆勝を見上げ、青ざめる。声をかけられていたなんて、気づきもしなかった。

ぼんやりと意識はあったが、てっきり夢を見ているのだとばかり――。

「……っ」

両手で顔を覆い、自分が恐ろしくて震えた。そんなかぐやを前にして、隆勝が動揺するように息を呑《の》んだのがわかる。

「着物がこんなになるまで、お前はどこへ行こうとしていた」

隆勝は羽織を脱ぎ、雨から守るようにかぐやの頭上で広げる。

「笛の音……妖影の声の……するほうへ……」

「……！　夜叉《やしゃ》がお前を誘い出そうとしたのか？」

怒りを含んだその声に、かぐやは「わかりません……」と項垂《うなだ》れた。

「また無意識のうちに妖影を狩ろうとしていたのかもしれません……私は本当に何者なのでしょうか？」

黒鳶に入ってからは考えることが減っていたのに、ふとした瞬間に思い知らされる。

「私はおかしい……普通ではないのです……怖い……っ」

自分の身体を抱き締めて、かぐやは取り乱す。

「っ、落ち着け」

隆勝は焦った様子でかぐやの頬に手を添え、宥《なだ》めた。

だが、今のかぐやの耳には届かない。

「か、妖影を討っているうちはいいです。けれど、もし人を傷つけてしまったら？　私は本当に化け物になってしまう……っ」

嗚咽《おえつ》で言葉がつかえる。涙がひっきりなしに零《こぼ》れ落ちて止まらない。

隆勝は声では届かないと思ったのか、羽織ごと泣いているかぐやを抱きしめた。

びくりと身体を震わせると、かぐやの鼓膜に低い声が静かに響く。

「化け物なわけがない」

「なぜ、そう言い切れるのですか？　私はこんなにも……っ、こんなに、も……」

――化け物である要素しかないのに。そう続けようと思った矢先、ひどい稲光りと空気を裂くような雷鳴が落ちた。その瞬間、脳裏に痛いほど眩《まばゆ》い閃《ひらめ》きが浮かぶ。

『卑しき者に心を寄せるなど、愚かな』

記憶の彼方《かなた》で誰かが話しかけてくる。この声の主をかぐやは知っている。遠い昔……いや、最近だろうか。だが、確実にどこかで聞いたことがある。

光の中に見える人影が、かぐやを蔑《さげす》むように見下ろしている。向けられた槍《やり》は雷光のように鋭い光でできていて、まるで……天月弓のようだ。

『彼《か》の地の卑しさにまみれ、己の愚かさを、罪を知るがいい』

どんっと、光の槍に胸を貫かれる。しびれるような痛みと、どこまでも落ちていくような感覚に襲われて――。

「あ、ああ……あ……」

血も凍ってしまいそうなほどの恐怖に貫かれたようだった。

「かぐや姫！」

隆勝に呼ばれて我に返る。

（なに、今の……）

雷は童の頃から恐ろしくて、嫌いでたまらなかったが、あんなふうに変なものが見えたことはなかった。けれど、今ので確信を掴《つか》んだ気がする。かぐやが雷を恐れる理由は、あの光景の中にあるのだと。

「どうした、返事をしないか！　俺を見ろ、かぐや姫！」

かぐやは大きく瞬《まばた》きをする。気づけば視界いっぱいに、雨に濡《ぬ》れた隆勝の必死な顔があった。

「隆勝、様……？」

「ああ、そうだ。目に光が戻ったな」

隆勝の険しい眉《まゆ》が安堵《あんど》したように緩むと、不思議とつられるようにかぐやの身体の強《こわ》張《ば》りも解ける。

「雷が怖いのか？」

「あ……はい……」

隆勝と出会ってから、聞こえるようになった声と同じだ。あの身に覚えのない光景がどれほどかぐやの日常生活を侵してきたとしても、幻覚の域を出ない。どう打ち明けていいのかもわからず、曖昧に返してしまった。

「言いたいのはそれだけか？」

「え……」

隆勝は待っている。まるでかぐやに言い足りないことがあるとわかっているみたいに。

「今でなくともいい。言葉になっていなくとも構わん。話したくなったら、聞く。それだけは覚えていろ」

隆勝は少しだけ身体を離し、雨で張り付いたかぐやの前髪をそっと掻《か》き上げる。

さっきよりも隆勝の顔がはっきりと見えるようになり、なんだか逃げたくなった。かぐやの後ろ暗いところまで見透かしてしまいそうな、隆勝の揺るがない眼差《まなざ》しのせいだ。

「今度、雷が落ちたときはそばにいる」

「……！」

「俺がなんと言おうと、お前が自分を化け物と呼ぶのなら、もうそれでも構わん。お前が何者であろうと、そばにいる」

喜びが稲妻のように全身を通り抜けた。「あ……」と唇の隙間から震えた声がこぼれ、隆勝の顔がぼやける。すると骨ばった指が優しくかぐやの下瞼を撫《な》でた。

「そうすれば、こんなふうにひとりで泣かせずに済む」

「……なぜ……」

雨音に掻き消えそうなほど、か細く呟《つぶや》く。

（なぜ、私を泣かせたくないのですか？　なぜ、そんなにも優しくしてくれるのですか？）

労《いた》わるような眼差しに余計に涙が出る。かぐやの中で、隆勝の存在がどんどん大きくなっていく。こんなに特別なのに、離れる日が来るなんて想像するだけで凍えそうだ。

隆勝に出会っていろんな感情を知ったけれど、多分これがいちばんわがままだ。

自分が想うのと同じくらい、彼にも特別に想われたい。

彼の優しさの理由が、ただの温情でなければいいのに。

家族として、仲間として、そしてひとりの伴侶《はんりょ》として——かぐやがずっと望んできた愛されたいという望みを叶《かな》えてくれるかもしれない人。それが目の前の人かもしれないという予感が心に芽生え、かぐやは隆勝の胸に擦り寄る。

(このぬくもりを、失いたくない)

かぐやは祈るような気持ちで、隆勝の体温に縋《すが》っていた。


朝餉《あさげ》のあと、かぐやは隆勝の部屋の前にいた。

真夜中に雨の中を徘徊《はいかい》しただけでなく、ひどく取り乱したからだろう。かぐやの身を案じた隆勝が、日が高くなってからの出仕に変えてくれたのだ。

隆勝もかぐやに合わせて同じ刻限に出仕すると菊与納言から言づてをもらい、そのお礼を伝えにきたのだが、迷惑をかけてしまった手前、どうにも声をかける勇気が出ない。

(やっぱり、こんな朝から失礼よね……)

そんなふうに考えて、ため息をこぼしながら下を向く。

違う、これは言い訳だ。また妖影《かげ》に呼ばれて外を出歩いた。そんな自分を隆勝がどう思ったのか、反応を見るのが怖いのだ。

また逃げようとしている自分に、二度目のため息をつきそうになったとき——。

「気が散る、入るなら入れ」

御簾《みす》越しに中から声がして、かぐやはびくっとその場で跳ねてしまった。

気づかれていた……？　武人は皆、気配にも敏感なのだろうか。かぐやは逃げられないことを悟り、御簾を上げる。

「……失礼します」

部屋に足を踏み入れると、隆勝は文机《ふづくえ》や床に積まれている書物の山に埋もれていた。

（読書がお好きなのかしら？）

彼は藍色の着流し姿で、髪も緩く後ろで束ねている。文机の前に片膝《かたひざ》を立てて座り、書物に視線を落としている姿は仕事のときとは違って、とっつきにくさがない。

こんなにもくつろいでいる隆勝を見たことがなかったので、新鮮で観察してしまう。

「いつまで、そこに突っ立っているつもりだ。用があるのだろう、適当に座れ」

隆勝は書物から目を離さずに言う。

「はい……」

萎縮《いしゅく》しつつも隆勝の前に座ったかぐやだが、すぐに本題に入れず視線を落とす。

しばらく書物をめくる音だけがしていたが、

「風邪はひいていないか」

黙っているかぐやを見かねてか、隆勝のほうから話しかけてきた。

「あ……はい。おかげさまで……」

羽織で雨をしのいでくれた隆勝のことを思い出していると、彼は書物からかぐやに視線を移した。目が合った途端、とくんっと胸が音を立てる。

「油断はするな。だいぶ雨に打たれていただろう」

こんなふうに心配されると、大事にされていると自惚《うぬぼ》れてしまいそうになる。

隆勝のことを好いているのかどうか。きっと昨日、淡海とそんな話をしたあとだから、意識してしまうのだ。隆勝の話をしているときの自分は嬉《うれ》しそうな笑みを浮かべていたようだが、今はどんな顔をしているのだろう。

無意識に顔に手をやれば、少し熱を持っている。初対面の淡海に気づかれてしまうくらいだ。あからさまな態度をとってしまっていないか、不安になる。

「……？　頬を押さえて、本当に大事ないのか。顔も赤いが、熱が出たのではあるまいな」

隆勝は書物を文机に置くと、腰を上げかけた。今近づかれたら、浅ましい心まで見透かされてしまいそうで、かぐやは全力で首を横に振る。

「ほ、本当に大丈夫です！　あの、それより、ここへはお礼を伝えに来たのです」

「礼？」

ひとまず円座《わろうだ》に座り直した隆勝に安堵する。かぐやは「はい」と頷《うなず》き、深々と頭を下げた。

「昨日はいろいろと、ご心配をおかけしました。それから……」

かぐやは顔を上げ、隆勝の目をしっかりと見つめて言葉を紡ぐ。

「ありがとうございました。今までも昨日のようなことはあったのですが、あのように迎えに来ていただいたのは初めてでした」

翁《おきな》と媼《おうな》は夜に姿を消すかぐやに気づいても、知らぬふりをする。かぐやの行く先に妖影がいると知っているからだ。黒鳶を畏怖《いふ》する町民と同じだ。

「私が化け物でもそばにいると、そう言ってくださったのも嬉しくて……」

翁と媼なら、化け物を面倒見てやっているのだから恩を返せと見返りを求めたはずだ。

隆勝がかぐやの力を求めて結婚したのは、わかっている。けれど雷雨の中、かぐやのもとへ駆けつけて、そばについていることは、隆勝にはなんの得もない。それなのに、今度雷が落ちたときはひとりにしないとまで言ってくれたのだ。

「私……一生忘れません。隆勝様からいただいた優しさのすべてを覚えています。私にも差し上げられるものがあればよかったのですが、今すぐには思いつかず……ですが必ず、この恩をお返しできたらと……」

隆勝はしばらく沈黙し、今まで呼吸を止めていたのか、静かに息を吐く。そしてどこか感心したふうに言う。

「謝らなかったな」

「え？」

「今までのお前なら、すべて自分のせいにしたがったはずだ。人の目を見て自分の気持ちを伝えることもなかっただろう」

翁と媼はかぐやの意見など求めていなかった。ふたりに責められれば謝るしかなく、気づけばそれが癖になっていたのだ。けれどもう、隆勝たちが理不尽な理由で頭ごなしにかぐやを否定したりはしないとわかっている。ひどく甘やかすでもなく、突き放すでもなく、ただ普通に関わってくれたからこそかぐやは変われたのだ。

「ここでよそよそしくされていたら、さすがにこたえる。俺たちの関係が振り出しに戻らなくて良かった」

かぐやの成長を隆勝は自分のことのように喜んでくれている。それがわかり、くすぐったさと大きな存在に守られている安心感とで心がほぐれる。

けれど隆勝は微かに目元を染め、どこか落ち着かなそうに咳払いをした。

「お前は……恩返しがしたいと言っていたが、もう貰っている。今もな」

「今も……ですか？」

「ああ」

かぐやが首を傾げると、隆勝はふっと小さく笑った。

「お前は書物は好きか」

「え？　は、はい」

「少し待っていろ」

隆勝は立ち上がり、部屋の隅に何冊も重なっていた書物のうちの一冊を手に取ると、かぐやのもとに歩いてくる。無言で書物を差し出され、反射的に受け取ると、隆勝はもといた場所に座り直した。

(ここで読んでもいいのかしら?)

隆勝を見ると、読んでいる途中だったのだろう書物をすでに広げている。なんであれ、彼のそばにいられる口実ができた。かぐやは口元を密《ひそ》かに緩めながら、書物に視線を落とす。

翁と媼は貴族に嫁いだときに必要になるからと、和歌集や漢文の書物をかぐやに買い与えた。娯楽目的に読む書物は零月が持ってきてくれていたのだが、嫁いでくるときに荷物はあまり持ち込まないほうがいいだろうと、すべて隠岐野の屋敷に置いて来てしまっていた。

(物語を読むのは久しぶりだわ)

表紙を手で撫《な》でる。読み始めてしまったら、いつか終わってしまう。それがなんだかもったいなく感じて、なかなか開けずにいると——。

「気に入らないか」

落胆した声音にかぐやは慌てる。

「い、いえ、気に入らないわけではないのです。楽しみで、読み始めてしまうのがもったいないなと」

「そうか。ならば、他にもお前の好みそうな書物を揃えておこう。希望を言え」

「ええと……」

「思いついたらで構わん」

「は、はい……」

好きな書物か、と宙を仰いだとき。ふと、どこからか〝彼女〟の声がした。

『今は昔、竹取の翁といふ者ありけり』

鈴の音のように透き通っているが、琴の音のように芯《しん》もあり、耳心地のいい響き。遠くで竹の葉が歌っているのも聞こえて、意識が引き込まれそうになった。

「どうかしたのか」

はっと瞬きをすると、案じるように隆勝がこちらを見ていた。

「あ、いえ……なんでもありません」

気のせいだ。そう思いたいけれど、最近おかしな光景や声に悩まされている。一体、自分になにが起きているのだろう。

知らず知らずのうちに書物を胸に抱きしめていると、隆勝は小さく息をついた。

「ひとりで抱えきれなくなったら言え」

隆勝は無理には訊《き》いてこない。前は誰かに深く掘り起こしてもらわなければ本心を告げられなかったが、今は自分の気持ちを言葉にできるようになってきた。だからだろう、昨日と同じようにかぐやの整理がつくまで待ってくれるつもりなのだ。

読書を再開した隆勝の様子をこっそり窺《うかが》う。

物語に没頭している間は、余計なことを考えずに済む。隆勝といられるせっかくの機会だ。彼が選んでくれた物語の世界を楽しもうと、改めて表題を見る。

「『武《ぶ》心伝《しんでん》』……？」

小首を傾げながら頁を開いてみると、最近写本されたものなのか紙も墨も真新しい。心が浮き立ち、いざ――と読んでみれば、田舎の武人が旅をしながら剣術を磨き、剣豪へと成長していく物語なのだが、合間に入る和歌が気になる。例えば……。

「水がない、陽炎《かげろう》揺らめく道を行き……倒れそうだよ、暑い夏……？」

つい音読すると、ぎくっと隆勝の肩が跳ねたのが視界の端に映る。書物から顔を上げれば、彼は緊張の面持ちでこちらを見ている。

「……変か」

「え、いえ、変というより……どうしてここを和歌にしたのかが気になってしまって。普通に文で状況を説明するだけで、よかったのではと……」

隆勝は沈んだ顔で肩を落とす。まさか……。

「この書物は……隆勝様が書かれたものなのですか？」

恐る恐る問うと、隆勝は「……そうだ」と観念したように答えた。

「し、知りませんでした。隆勝様が物語を書かれていたなんて……」

「わかっている。……文才がないことは」

額に手を当て落ち込んでいる隆勝に、かぐやは狼狽《うろた》えた。

「あ、あの、和歌がなければ、それ以外は楽しむことができました。私は剣を握ったことはありませんが、主人公の冬三郎《とうさぶろう》が成長していく姿を応援したくなりましたので……」

「そう……か」

お世辞だと思っているのか、隆勝はまだ浮かない顔をしている。

かぐやは本心なのだと伝わるように、重ねて力説した。

「黒鳶に入ったばかりの私には、初めから強かったわけではない冬三郎が身近に感じました。口数は少ないですが、人情に溢《あふ》れているところは隆勝様にそっくりで、私は大好きです」

「……！」

隆勝は目を白黒させる。これでもまだお世辞だと思われていたら悲しいのだが、隆勝は気恥ずかしそうに片手で顔を覆った。

「ならば……和歌だけなくすとする」

隆勝は読んでいた書物を閉じると、硯《すずり》と筆を用意する。

かぐやも持っていた書物を手に彼の隣に座り、文机にその頁を広げて置いた。

隆勝は筆を手に取り、線を引いて和歌を消し始める。

「清書したものができたら、初めに見てくれるか」

顔を上げた隆勝に、かぐやはなぜか懐かしさを覚えながら笑みを浮かべる。

「はい、喜んで」

差し込む温かな朝日に包まれた室内で、墨の香りと頁をめくる音が優しく響く。都に来て初めて、かぐやは隆勝と穏やかな朝を過ごした。

黒鳶堂に出仕すると、いつもはぶっきらぼうな凛少将が真っ先に駆け寄ってきた。

「もう大丈夫なの？」

昨夜のことを聞いたのだろう。かぐやの身を案じてくれている彼に笑みを返す。

「はい、ご心配をおかけしました」

「本当だよ。妖影《かげ》に呼ばれてふらふら出歩いて、隠岐野の田舎ほどではないにしても、物騒なんだからね？　しかも雨の中とか、風邪引くじゃん！」

と言われても、あれは無意識なので防ぎようがないのだが、凛少将は心配して怒ってくれているのだ。今それを説明するのは野暮な気がした。

「熱も咳《せき》も出ませんでしたので、そちらは大丈夫です」

「そういう問題じゃないから。やっぱり、お祓《はら》い案件？　祈禱《きとう》に行ったほうがいいんじゃない？」

たびたび見るあの白昼夢は異常だ。祈禱で治るならぜひとも受けたいが、あれはかぐやの持つ妖影の言葉を理解し、妖影を討つ力に関わるものなのではないかと、根拠はないが確信している。おそらく祈禱で消えるものではない。

「いえ、そこまでしていただかなくても……。今は出歩いても捜しに来てくれる人がいますから」

ちらりと隆勝を見れば、その通りだとばかりに小さく笑みを浮かべて頷《うなず》いてくれた。

「心配してくださって、ありがとうございます。凛少将」

素直に感謝を伝えれば、凛少将は「うっ」と頬を赤らめる。それに首を傾げていると、背後でこつんと皮履《くつ》音がした。

「捜しに来てくれる人、ですか」

耳元で囁《ささや》かれ、かぐやはばっと飛び退《の》いた。耳を押さえながら振り返ると、にこやかな海祢中将がいる。

「俺も立候補してもよろしいですか？『今日も愛《いと》しの姫は屋敷にいるかな？』と様子を見に行きましょう。まるで通い婚ですね」

海祢中将は片目を瞑《つぶ》り、唇に人差し指を当ててにこりとした。

「か、通い婚……ですか？」

思わず、かぐやの声が跳ねる。

「許可しない。かぐや姫で遊ぶな」

隆勝が顔に疲労の色を滲《にじ》ませていた。

凛少将も手で口元を隠しながら、かぐやの耳元でぼそりと言う。

「海祢中将のあれは黒鳶の洗礼みたいなものだから。よかったね、これで僕らの仲間入り」

よかったとは思えないほど口調に憐《あわ》れみが滲んでいる。

「みんな、ひどいなあ」

海祢中将はあっけらかんと笑っていた。

黒鳶なんて過酷な仕事をしているというのに、彼らは賑《にぎ》やかだ。海祢中将は別として、あとのふたりは寡黙なほうだと思うのだが、集まれば途端に場が明るくなる。

「でも、捜しに行きますよ」

かぐやの髪を一房掬《すく》い、海祢中将は微笑した。間近にある彼の顔に鼓動が速まる。

「我らが姫巫女《ひめみこ》のためなら、どこへでも。ね、凛少将」

話を振られた凛少将はぷいっと顔を背けながら、耳を赤くして言う。

「まあ、すぐ迷子になりますしね。そこのひよこ姫は」

「海祢中将、凛少将……」

彼らの気遣いに胸がぽかぽかとする。

都に来る前は恐ろしくてたまらなかったこの場所が、今はかぐやの居場所なのだ。いつか妖影憑《つ》きであると判明して、討たれる日が来るのかもしれない。それでも、この人たちのそばに許される限りいられたらと思う。

「ありがとう、ございます」

頭を下げれば、海祢中将は「どういたしまして」と流れるような仕草でお辞儀をした。

凛少将は「別に」と素っ気なかったが、彼は決して誰かを見捨てるような人ではない。普段は厳しいが、必要なときには当然のように寄り添ってくれる猫のような人だ。迷子になったら、文句を言いながらも迎えに来てくれるのだろう。

「かぐや姫は我らが英雄の大事な人ですからね。絶対に守りますよ」

海祢中将の視線を受けた隆勝は腕を組みながら目を閉じ、静かに話を聞いている。

「英雄？」

そう聞き返したとき、「入るぞ」と横暴な物言いで、身なりのいい男が黒鳶堂に入ってきた。その瞬間、室内の空気が張り詰めるのを肌で感じた。

「鵜胡柴《うこしば》親王、いかがされました」

前に出た隆勝は、いつになく険しい顔をしている。

（この人が、鵜胡柴親王？）

次期帝位継承者である帝《みかど》の弟で、隆勝の腹違いの兄に当たるはず。他の隊員たちに合わせて、かぐやも頭を下げた。

「用がなければ来るわけがないだろう。このように血腥《ちなまぐさ》いところ」

袖《そで》で鼻を押さえながら室内を汚いものでも見るかのように見回す親王に、黒鳶の隊員たちは悔しげに拳《こぶし》を握っている。そのとき、さりげなくかぐやの前に凛少将が立った。

彼は振り返らずに小声で話しかけてくる。

「いい？　鵜胡柴親王は女性《にょしょう》目当てに花楽屋《からくや》通いするようなお人だから、あなたを見たらどうなるか……絶対に僕の背から出ないで」

かぐやはこくっと頷き、身体を小さくして息を殺す。近くにいた黒鳶の隊員たちも、かぐやを隠すように静かに背に庇《かば》ってくれた。

（皆さん……）

かぐやと目が合った隊員は、大丈夫だと安心させるようににっと笑う。だが、室内を見ていた親王は「ん？」と目ざとくかぐやに気づいた。

まっすぐにかぐやを捉《とら》え、隆勝にわざとぶつかりながらこちらに歩いてくる。かぐやは思わず後ずさるが、凜少将は前を退《ど》かなかった。

「お前は……ああ、私と同じ気高い蘇芳《すおう》の血を持ちながら、穢《けが》れた血とつるんでいる童か。私の道を遮るな、誰を前にしているのかわからんのか」

「……姫巫女の護衛は黒鳶の役目のひとつです。僕はそれを果たしているだけですので」

親王は舌打ちをしたが、すぐに侮蔑《ぶべつ》に目を輝かせ、口端を上げる。

「仲間殺しの父親の血が、お前の中にも流れていることを忘れるな。いつかその手で、そこの大将を殺してくれ。さすれば、私の憂いも晴れる」

「なっ」と、その場にいた全員が絶句する。

つまり、隆勝を凜少将に殺してくれと言っているのだろうか。

（こんなにも明け透けに殺意を向けるなんて……）

かぐやが絶句していると、凜少将は低く震えた声で絞り出すように言う。

「……僕は、父とは違います」

逆らえないのをいいことに、相手のいちばん触れられたくない傷を無理やり抉《えぐ》って晒《さら》すなんて……こんなの権力の暴力だ。

荒々しいものが心を満たしていく。これはなんだろう、怒り……だろうか。

同時に、うまく衝突を避けなければと考える冷静な自分もいる。

親王は翁《おきな》と媼《おうな》に似ている。火に油を注ぎ続けては延々と燃え続けてしまう。嫌な処世術だが、ここは素直に従うほうが早く事が静まる。

「初め……まして」

かぐやが前に出ると、凜少将が『どうして!』と言いたげに見てくる。かぐやは苦笑を返し、親王に頭《こうべ》を垂れた。

「私は隆勝様の妻の……かぐやと申します」

後ろで凜少将が「くっ」と納得がいかなそうに顔を背けるのがわかる。

「美姫《びき》と噂には聞いていたが、まさかここまでとは……隆勝にはもったいない」

親王にぐいっと腕を掴《つか》まれ、不測の事態に頭が混乱した。勢いよく顔を上げれば、至近距離に下品な笑みを浮かべる親王の顔がある。

「かぐや姫!」

海祢中将の焦った声がどこからか飛んでくるが、捕食者のごとく目を光らせる親王から視線を離せない。

「この輝かんばかりの美しさなら、血筋が劣っていようと構わんな。私の屋敷に来るといい。妾《めかけ》の座でも高価な髪飾りでも着物でも、欲しいものはなんでも与えてやろう」

彼も同じだ。高価な物でかぐやを飾り、贅沢《ぜいたく》な餌を与え、かぐやを籠《かご》に閉じ込めようとする翁たちと。

親王に掴まれたところから身体が強張《こわば》り、悪寒が走るだけでなく吐き気まで襲ってくる。

（気持ち……悪い。怖い……息苦しい……っ）

声にならない声が、か細い息となって漏れ出る。

「っ、あ……」

翁が鞭《むち》を振り上げる姿。その間、平然と着物を畳んでいた媼の横顔。繰り返し、何度も何度も蘇《よみがえ》る苦痛の記憶に思考が塗り替えられていく。

（助けて……）

強くなれたと思っていたのに、また立ち竦《すく》んでいる自分が情けなくて、涙が視界に滲んだ。そのとき、反対の腕を強く引かれる。

「ここは、あの鳥籠の中ではない」

離れた親王の手の感触の代わりに、鼓膜に響く低くて優しい声。かぐやを後ろから抱き寄せ、温《ぬく》もりで包んでくれたのは振り返らずともわかる。

「っ、隆勝様……っ」

かぐやは胸の前に回った彼の腕に手を添える。

そうだ、ここはあの鳥籠の中ではない。隆勝の腕の中だ。それを思い出し、深く息を吐くかぐやを、隆勝は背に庇う。その様子を見ていた親王は疎ましそうに顔を顰《しか》めた。

「なんのつもりだ、隆勝」

「妻はこういう場に不慣れですので。それより、我々は任務があります。用件をお聞きしても？」

「その澄ました顔……お前はそこにいるだけで癇《かん》に障るな」

吐き出すように親王は言い、なぜか海祢中将を睨《にら》みつけた。それに気づいた海祢中将は訝《いぶか》しげに眉《まゆ》を顰《ひそ》める。

「妻が行方不明になった」

「なんだ……って……？」

海祢中将の顔が蒼白《そうはく》になる。これほど余裕がない彼は初めて見た。

他の隊員たちも息を呑《の》み、「御息所《みやすどころ》が？」とざわめいている。

御息所というのは確か、親王妃のことだったはず。いなくなったとなれば一大事だ。

「昨日、外出したあとから紫羽《しば》殿に戻っていない。お前はなにか知っているのではないか。近頃、あれを外に出すために姉弟揃って出かけると周りに言いふらしていたそうではないか」

親王に問い詰められた海祢中将は、高ぶりそうになる気を静めるように、ほんのわずかな時間、目を閉じる。そして再び瞼《まぶた》を持ち上げたときには、親王を鋭く見返していた。

「いいえ、かぐや姫とお茶を飲んだあと、牛車《ぎっしゃ》に乗って帰るところを見届けました。そのとき一緒にいた従者が知っているはずです。その者は今どこに？」

頭をがつんっと殴られた気分だった。

（私と、お茶を……？）

ひとりしか思いつかない。そんなまさか、とよろめくかぐやを隆勝が支えた。

（御息所は淡海さん？　でも、海祢中将のお姉様だなんて一言も……）

それも自分と会ったあとに行方がわからなくなったなんてと、衝撃を隠せない。心が追い付かないかぐやをよそに、親王と海祢中将の応酬は続く。

「牛車は大路で見つかった。だが、従者も牛もそこにはいなかった。代わりに血痕《けっこん》と肉片が残っていたそうだ。妖影《かげ》に襲われたのだろうな」

「だとしたら、姉上もそこで喰《く》われたと考えられるはずでは？」

姉が妖影に喰われたなどと、本来ならば口にしたくもないはずだ。だが、親王を無視するわけにはいかないのか、他に考えがあるのか、海祢中将はそう答えた。

「これだから黒鳶は無能で困る。そんなこともわからんから、私が赤鳶《あかとび》を作ることになったのだ」

つい「赤鳶？」と声に出してしまうと、隆勝は親王を見たまま小声で教えてくれる。

「鵜胡柴親王が作る新しい妖影狩り部隊のことだ」

黒鳶と似た部隊をなぜ親王が作るのかはわからないが、隆勝の表情からするにあまりいいことではなさそうだ。

「そこまで言うのなら、鵜胡柴親王には思い当たることが？」

海祢中将が追及すれば、親王は鼻で笑う。

「最近、妖影は女を狙っているのだろう。全員その場で喰らわず、取《と》り憑《つ》くだけとか。淡海は恐らくその事件に巻き込まれたのだ」

「……！　それを知っていて、あなたは外出許可を……？」

嫌な閃《ひらめ》きを得てしまったかのように、海祢中将は目を見張った。

「なんだ、その物言いは。この私を責めているのか？　劣った中流貴族の分際で！」

親王は海祢中将に摑みかかろうとした。そのとき、隆勝が親王に近づいていき、ぱしっとその腕を摑む。

「ご気分を害したのなら謝ります。ですが、今は一刻も早く御息所を捜さなくては」

「穢れた手で、私に触るな」

乾いた音を立てて隆勝の手を振り払った親王は、そのまま黒鳶堂の出口へと向かう。しかし外へ出る前に足を止め、隆勝たちを振り返った。

「親王妃を見つけられなければ、お前たちは無能な黒鳶として名を馳《は》せることになるだろう。存続を疑問視する者も出てくるはずだ。せいぜい首の皮を繫《つな》げられるといいな」

重苦しい空気を残し、親王は黒鳶堂を去っていった。

「隊員は直ちに御息所の捜索に当たってください。僕たちはあとで合流します。それから、妖影に憑かれた女性《にょしょう》を発見した際は気づかれないよう追跡し、上官を呼ぶように」

凛少将の指示に、彼らは「はっ」と返事をして黒鳶堂を出て行く。その場に残ったのは、かぐやと上官たちだけだった。

「凛少将、ありがとうございます」

海祢中将は苦しげに表情を歪《ゆが》めたまま頭を下げる。

「いえ、必ず……必ず、御息所を見つけましょう」

強く言い放った凛少将に、海祢中将は眉を下げながら微笑んだ。

「それからすみません、隆勝。抑えきれず、鵜胡柴親王に歯向かったりして」

「構わん、あれは悪知恵を働かせることにおいてはよく頭が回る。お前は気づいたのだろう。昨日、鵜胡柴親王が御息所の外出を許可したのは、御息所をひとりにするためだったのではないかと」

確信しているような口ぶりで、隆勝は言う。

「ええ、証拠はありませんが、姉が消えた原因について思い当たることがあるのかと尋ねたとき、鵜胡柴親王の答えには迷いがなかった。その反応の速さが余計に怪しい」

後悔を顔に刻んでいた海祢中将は、ふっと自嘲《じちょう》的に笑う。

「もしこの推察が正しければ、俺は姉を連れ出すことに成功したと思い込まされていた大馬鹿野郎です」

普段は意気揚々と喋《しゃべ》り、その場にいるだけで皆を明るくする彼が遠くに行ってしまったように思えた。

凛少将と共に声をかけられずにいると、海祢中将はこちらを向く。

「すみません、ひとりでべらべらと……」

肩を竦めて笑う海祢中将は、どこか弱々しい。

「かぐや姫、話を聞いていたのでもうお察しのことと思いますが、あなたにお相手を任せた親戚《しんせき》の姫は、実は俺の姉なんです。騙《だま》す形になってしまい、申し訳ありません」

「それはいいのですが、どうして……」

「伏せた理由ですか？　親王妃という先入観なく、姉と接してほしかったからです。普通の友のように、気兼ねなく話せる相手が姉には必要でしたから……」

海祢中将の悲しげな表情が、昨日甘味処で見た淡海の表情に重なる。

「淡海さんは、その……結婚生活がうまくいっていないとおっしゃっていました。夫には花娼《かしょう》の妾がいるみたいだと……」

紫羽殿は宮城内にある親王の住居だと記憶している。立派な家と裕福な身分、身位の高い夫が揃っていても彼女は幸せそうではなかった。

「姉はそこまで話したのですね……やはり、かぐや姫に会わせてよかった。そういう愚痴話でもできれば、少しは気も晴れるだろうと思っていたので」

「わずかでも力になれたのなら、よかったです。ですが、発散できたとしても淡海さんは紫羽殿に帰らなければならないのですよね……」

本当の意味で救うことはできない。友人なのになんて不甲斐《ふがい》ない──。

「ええ、姉はその教養の高さを先帝に買われて親王の妃にと縁談話が持ちかけられたのです。姉はあんな男と結婚するために、学を修めてきたわけではないのに……」

よくできた弟だと褒めていた淡海と同じように、海祢中将も姉の才を認めているからこそ歯がゆそうだった。

「鵜胡柴親王はあのように絶対血族主義ですから、中流貴族の妻が受け入れられなかったのでしょう。姉は鵜胡柴親王から折檻《せっかん》を受けていたようです」

海祢中将は目を伏せながら語る。かぐやと凛少将の「え……」という声が重なった。

「姉から聞いたわけではないですし、家族とはいえ紫羽殿にはおいそれと入れませんから、これは懇意にしている貴族や女房からの情報です。しかし実際に会ったとき、身体にいくつも痣《あざ》がありましたし、大きな物音に怯《おび》えているのを見て真実だとわかりました」

甘味処でも、かぐやと同じように客の怒鳴り声に身体を硬直させていた。同じ傷を抱えているかもしれないという予感は当たっていたのだ。

「淡海さんと話していて、自分のことを『駄目』だとか、『こんなだから、あの方も……』と、おっしゃっていたのが気になっていたのですが……」

かぐやが海祢中将目的で恩返しをしたいと言い出したのではないか、と勘違いされたときのことだ。あのときは、彼女が抱えている闇の全貌《ぜんぼう》が見えなかった。

だが、今ようやく本当の意味で理解できた気がする。

「私と同じように、虐げられるのは自分が悪いから、愛されないのは自分のせいだと思い込まされているのではないかと……」

かぐやも隆勝に言われて気づいたことだ。初めは受け止められなかったが、今はそれが事実なのだと思えるようになってきた。

「……そうかもしれません。鵜胡柴親王は妾《めかけ》のもとへ通うばかりで姉は当然ながら子にも恵まれず、宮城でも妾が身籠《みごも》るほうが先ではと噂されていました」

女の役割は跡継ぎを産み、家を守ること。妻は一歩引き、夫を立てるのが美徳とされる。学を修めるほど勤勉な淡海には、生きづらい世の中だろう。

「妻の役目を果たせず、肩身が狭かったはずです。そうして自信をなくしていってしまったのでしょう。姉はもともと男ですら舌を巻くほど聡明で凛としていて、自分を卑下するような物言いをする人ではありませんでしたから……」

「きっと今は傷つきすぎて、自分が置かれている状況がおかしいことに気づく余裕もないのだと思います。早く助けてあげないと……ですね。淡海さんが自分を殺してしまう前に」

かぐやは壊れきる前に隆勝たちに救い出された。淡海にもそういう誰かが必要なのだ。

「そうですね。ですが、紫羽殿は中流貴族の俺にとっては敷居が高すぎて、助けに行きたくても簡単には行けません。そもそも鵜胡柴親王が足を踏み入れるのをよしとしないでしょう。様子を見に行くことすらできない」

「鵜胡柴親王にとっては、二大公家《くげ》以外は〝穢《けが》れた血〟らしいからな」

隆勝の言葉には皮肉な刺《とげ》がある。

「それは先ほど、鵜胡柴親王がおっしゃっていた……？」

かぐやが口を差し挟むと、隆勝の視線がこちらに向く。

「ああ。鵜胡柴親王は俺の腹違いの兄だが、蘇芳出身の母親同様、端女《はしため》の子の俺に対してもあの調子だ」

「いえ、隆勝は逆に肉親な分、もっとひどい目に遭わされてきたでしょう。口に出すのも、おぞましいほどのことを」

想像もしたくないが、二大公家の氏を持つ隆勝であっても、端女の血が混じっているというだけで穢《けが》れた血と蔑《さげす》み、傷つける。少しの濁りも嫌う親王は、異常なまでに純血への強いこだわりがあるようだ。

「あの人の横暴さは噂に違《たが》わないですからね」

近くにいた凛少将は嫌悪の表情を浮かべて、少し俯《うつむ》く。同じ蘇芳の血を持っている者同士、接点があるのか、凛少将は親王の人柄をよく知っているようだ。

「俺はもうどうとも思わんが、主上が俺を庇《かば》うたびにそのしわ寄せを受ける。それが心苦しくてな」

「帝《みかど》は弟の隆勝を可愛がっていますからね。そして鵜胡柴親王は自分より劣った血を持つ隆勝が才知に溢《あふ》れ、国の重要官職である黒鳶隊で功績を挙げることをやっかんでいる」

凛少将は勢いよく顔を上げた。

「そうです！　赤鳶結成は噂だと思っていたんですが、かなり現実的に話が進んでいるんですか？」

隆勝は眉間《みけん》に深いしわを刻み、頷《うなず》く。

「ああ。妖影《かげ》の数が増えているのは事実だ。そして、戦う人員が多いに越したことはないと大臣らは考えている。止める理由がないゆえ、主上も受け入れるしかない」

海祢中将は眉間を揉《も》みながら「それだけではありません」と、ため息交じりに付け加える。

「まだ結成の許可も正式に下りていないというのに、鵜胡柴親王は黒鳶に黒鳶堂があるように、赤鳶の拠点を新たに都に作っているという噂も耳にしています」

「拠点？」

かぐやが聞き返すと、海祢中将は困ったように笑いながら教えてくれる。

「ええ。立派な楼閣だそうですよ。本当に仕事に使うのか、怪しいものですね」

批難を込めて冷笑するだけに収めた海祢中将とは対照的に、凛少将は激高する。

「無能な上官が率いる妖影狩り集団なんて、そんなの無駄死にする隊員を増やすだけではありませんか！　日蝕大禍《にっしょくたいか》の二の舞だ……っ」

日蝕大禍のときの黒鳶は、凛少将の父が率いていたと聞いている。だからこそ余計に、同じことを繰り返したくないのかもしれない。

「鵜胡柴親王は間違いなく第二の父に……仲間殺しの無能な大将になる……！」

「──凛」

隆勝は凛少将のもとへと歩いていき、その肩に手を乗せた。

「たとえ同じ状況になったとしても、今は俺たちがいる。部隊が違えど、無能な上官に命を散らされる隊員が出ぬよう、俺たちが妖影を狩り尽くせばいい」

凛少将は「はい……」と苦しげに下を向く。

「それよりも今は御息所のことをなんとかしないと、ですよね。現状、僕たちは隊員たちが朗報を持ち帰るのを待つしかありませんが……」

妖影憑《つ》きになった女たちが向かう先に、手がかりがあるかもしれない。上官はそれを待ち、わかりしだい調査に向かう手筈《てはず》になっているが、待っているだけというのはきつい。

海祢中将は少し疲れた様子で、ため息をついている。

「中流貴族の俺が黒鳶に入れたのは親王妃となった姉の後ろ盾があったからです。感謝していますが、望まない結婚をすることになっただけでなく、今回のような事件にまで巻き込まれて……俺は姉に辛《つら》い思いばかりさせてしまっていますね……」

海祢中将は拳《こぶし》を握り締める。だがやがて、暗い空気にしてしまったと焦ったのだろうか。気を取り直すように顔を上げ、無理やり作ったような笑みを浮かべる。

「姉を自由にするために、ますます頑張らなければなりませんね。姉の後ろ盾がなくとも、ひとりで立てるように」

なんて完璧《かんぺき》な答えだろうと思った。けれど明るい言葉なのに、その内側には悲しみや苦しみといったいろんな感情が押し込められているように感じた。それらの痛みを心が感じないように目を閉じて、かぐやが暗闇の中に閉じこもっていたのと似ている。

「頑張らなくても……いいのではないでしょうか」

海祢中将が不思議そうな顔をして、じっとこちらを凝視《みつ》めた。

「海祢中将は、もう十分頑張っていると思いますし……今くらい、頑張れない海祢中将になっても、いいと思います」

海祢中将は「え……」と動揺した様子で笑みを引きつらせる。

「笑顔も、本当に笑いたいときだけにしないと……悲しみをごまかすためにしか、笑えなくなってしまいます。嬉《うれ》しいときの笑い方……わからなく、なってしまいます」

感情から目を背け続けていると、好きなものも嫌いなものも、なにが楽しくてなにが悲しいのかも、自分のことなのにわからない人形になってしまう。前のかぐやのように。

「私にも血は繋《つな》がっていませんが、兄と呼べる人がいます」

隆勝も零月のことを知っているからだろう。特に驚きもせず、かぐやを見守っている。

「もし零月兄さんが家族に冷遇されていたら、きっと自分のことのように怒りました。ましてや行方不明だなんて、心配でたまらないはずです。いつも通りになんて、笑えるはずがない」

かぐやは固まっている海祢中将に近づき、その顔を近くで見上げて、ああやっぱりと思う。

「海祢中将と淡海さんは、お互いを想って自分を責めるところも似ています。おふたりの友であり仲間として、そんなおふたりを見ていると……苦しいです」

張り裂けそうな胸を着物の上から押さえ、かぐやは今までこんなに饒舌《じょうぜつ》になったことがあっただろうかというほど言葉を重ねる。

「誰にでも、強がらなくてはいけないときが……あるのだと思います。弱みを見せたくないとき、そうしないと自分自身が耐えられないとき、さまざまでしょうが……私たちの前でも、それは必要ですか？」

「………」

海祢中将は驚きのあまり言葉が出てこない様子だった。ややあって、泣きそうな顔で呟《つぶや》く。

「いいえ……皆の前では……取り繕う必要は……ないです」

素直に答える海祢中将が意外だったのか、隆勝も凛少将も目を見張っていた。

「それなら、今はいつも明るい海祢中将でなくても大丈夫です」

そう告げた途端、海祢中将の顔からふっと笑みが消えた。静かに一滴、彼の頬を涙が流れたかと思えば……。

「あれ……？　あれ、どうしてしまったんでしょう」

海祢中将は声を震わせ、あとを追うように次から次へと溢れてくる涙を手で何度も拭《ぬぐ》う。そんな彼の両手を、かぐやはそっと握った。

「そのままでも大丈夫です。やっと出てこられた涙ですから、自由にしてあげましょう？」

「……なんだか、童に戻った気分です」

海祢中将は泣き笑いを浮かべる。けれど、もう苦しそうではなかった。

「あ、これからは淡海さんみたいに海祢中将も愚痴を吐き出すのはいかがでしょうか？　気兼ねなく話せる相手が必要なのは、きっと海祢中将もです」

かぐやが真剣に提案すると、彼は呆気《あっけ》に取られた様子であった。

偉そうに喋《しゃべ》りすぎただろうか。途端に不安になってきて、かぐやは慌てる。

「えと……私も隆勝様にいろいろ話を聞いてもらっていると、自分の心に整理がつくといいますか……！　胸がすっきりとするので……っ」

隆勝がぎょっとしているのが視界の端に映り、かぐやの語尾は萎《しぼ》んでいく。

「おすすめ……なのです、が……」

言葉とは裏腹に、かぐやの視線は自信なく下がっていく。

ややあって、海祢中将はぷっと吹きだした。

「おすすめですか。そうですか、おすすめ……ふふっ」

手の甲で口元を押さえながら、おかしそうに笑っている海祢中将に、かぐやは目を丸くする。なぜ、自分は笑われているのだろう。

「励ましてくれたのですね、かぐや姫は」

「と、当然です。海祢中将の笑顔は人を明るくします。そんな笑顔が陰っていくのは、失われてしまうのは、とても……とても、悲しいことだと思うので……」

「ありがとうございます、かぐや姫。俺の心は軽くなりましたよ。おかげで頭を切り替えられそうです」

海祢中将はにっこりとしたあと、涙をぐっと拳で拭って、顔を引き締める。

「そろそろ待ち望んだ報告があるといいのですが……」

願いが通じたかのように「失礼いたします！」と隊員が慌ただしく室内に入ってきた。

「妖影に憑《つ》かれた女性《にょしょう》が見つかりましたか？」

低頭していた隊員は海祢中将に「はっ」と答え、背筋を伸ばすと報告を始める。

「妖影憑きの女を追跡したところ、『産唐《うぶから》神社』の中へと消えていきました。隊員たちは、その前で待機しています」

「姉……行方不明の御息所の手がかりについては、なにか摑《つか》めましたか？」

「……いえ、御息所の件につきましては、なにも……申し訳ありません」

隊員も海祢中将を慕っているからこそ、悔しそうに頭を下げる。

重苦しい空気が黒鳶堂に淀《よど》み始めるが、海祢中将はもう動じていない。

「あなたのせいではありませんよ。引き続き、調査を頼みます」

海祢中将は隊員の肩に手を乗せた。隊員はいっそう気を引き締めた様子で「はっ」と返事をし、黒鳶堂を出ていく。

「俺と海祢は産唐神社に向かう。――凛少将」

隆勝は凛少将を振り向いた。

「はっ、産唐神社への立ち入りの規制と、神社外の御息所の捜索の指揮を執《と》ります」

凛少将は胸に手を当てて答える。

「鵜胡柴親王が絡んでいるとなると、なにかよくないことの幕開けのような気がしてなりませんが、進むしかありませんよね」

前髪を掻《か》き上げた海祢中将は、いつものように余裕の笑みを浮かべている。

「らしさが戻ったな」

隆勝も嬉しそうに口元を緩めた。

「はい、前を向けるようかぐや姫が甘やかしてくださいましたから」

すっかりいつもの調子でからかう海祢中将は、かぐやに向き直る。

「かぐや姫も、力を貸していただけますか？」

差し伸べられた手を見つめていたら、自然と込み上げてくるものがあった。

どんなときでもどんと構えている彼らがいると、なにがあっても大丈夫だと思える。

自分も彼らにとって、そんな安心を与えられる存在になりたいという気持ちだ。

「はい！　それが私の望みでもありますから」

かぐやはその手を迷わずに取り、皆と出口へ向かって歩き出した。

隊員を連れて、都の北西にある、かつて安産祈願で有名だった産唐神社の石段を上っていく。管理する者がいないのか、外目から見ても社号標は崩れ、今しがた潜《くぐ》った朱色の鳥居にも蜘蛛《くも》の巣が張り、見るからに廃《すた》れていた。森に囲まれていて陽の光がほとんど差し込まないせいか、不気味な雰囲気が醸し出されている。

「淡海さんも女の人を狙った妖影《かげ》の事件に巻き込まれたのだとしたら、ここにいるかもしれない……のですよね？」

疑問を口にすると、一段後ろを歩いていた隆勝がかぐやを見上げた。

「ああ、念のため凛少将には他の場所も捜索させているが、ここがいちばん可能性としては高いだろう」

そのとき、烏《からす》が羽ばたいた。不吉な黒い羽根が目の前を横切っていく。

「俺はこれが、本当に夜叉《やしゃ》が主体となって、他の妖影と起こした事件なのかどうか、そこが引っかかります」

数段前を歩いていた海祢中将が真剣な面持ちで振り返る。

「あの通り鵜胡柴親王は、姉のことを自分の妻には相応《ふさわ》しくないと思っていました。ですので妖影が女性だけを狙う今回の事件に巻き込まれたように見せかけて、姉を消しために外出許可を出したのではないかと……考えすぎでしょうか」

「いや、お前の予感はよく当たるからな」

隆勝は顔を顰《しか》める。

「夜叉が知恵を絞る稀有《けう》な妖影であることを前提として、食糧を効率よく得るために事を起こしたのではないかと考えていたが、今日の鵜胡柴親王の様子を見ていて、俺もきな臭さを感じた。この事件に鵜胡柴親王が疎ましく思っていた御息所が巻き込まれ、解決できなければ黒鳶隊の名誉を落とすことができ、赤鳶の門出にも朗報となる。すべてが鵜胡柴親王にとって都合がよすぎる」

「この事件を起こしたのは、鵜胡柴親王なのではないか……隆勝もそう考えているんですね。俄《にわ》かに信じ難いですが、鵜胡柴親王が夜叉と手を組んだのでしょうか」

「夜叉は他の妖影に比べて知恵があるようだからな。人間と取引することもできるのかもしれん。それでどんな得が夜叉にあるのかはわからんが……」

いつもの海祢中将なら、ここで場を和ませるために洒落た冗談のひとつでも言って、肩を竦《すく》めて笑ったのではないかと思う。だが、彼らの深刻そうな口ぶりから、これがいかに異例な事態なのかがひしひしと伝わってくる。

「人間を油断させるための身体なら、ひとつで十分のはずだ。だが、妖影が女たちをすぐに喰《く》らわず、次々と神隠しじみた目に遭わせることに糸口があるかもしれん。鵜胡柴親王にせよ、夜叉にせよ、黒幕に繋《つな》がる手がかりはこの先にあるはずだ」

隆勝の口から出た夜叉の名に、胸のあたりが重くなる。足取りが遅くなり、隣に隆勝が並ぶと、かぐやは思わずその袖《そで》を摑んでしまった。

「夜叉は……また現われるでしょうか？」

「妖影憑きの女たちを操っているのなら、いるだろうな」

「できれば……会いたくないです。初めは凛少将、そして次は淡海さん。夜叉は私の大切な人たちを傷つけるので……」

隆勝たちは強いけれど、だからといって心配しないというのは難しい。

視線を石段に落とすと、隆勝は息をつき、かぐやの手を握った。

驚いて隆勝を見上げれば、彼は前を向いたままだったが、触れ合う体温はかぐやを安心させようとしてくれているとわかる。

前を歩く海祢中将はかぐやたちの繫がれた手を見て、少し寂しそうに微笑した。

「姉にもふたりのように、心から想い合える相手がいればよかったのですが……」

海祢中将の目には、自分たちは想い合っているように映るのかと頰が熱くなるが、淡海のことを考えると浮かれてもいられない。

「あの、淡海さんの失踪《しっそう》に鵺胡柴親王が本当に絡んでいたとしたら……どうするのですか？　今日淡海さんを助けられたとしても、次があるかもしれないな、と……」

かぐやが躊躇《ためら》いがちに尋ねると、海祢中将は深刻な顔で「そうですね……」と考え込む。

「相手は帝《みかど》の次に力のある親王です。その罪を問うことは難しいでしょう。下手を打てば、姉のほうがあらぬ罪を着せられて罰せられるかもしれません」

かぐやたちが相手にしているのは、それほど大きな力を持つ者なのだと改めて思い知る。そんな相手から、自分は友人を守れるのだろうか。

「かくなる上はうつる病にでもかかったといって、笹野江《ささのえ》家に引き取るのが今の段階でできることでしょうね」

「では、淡海さんは家族のもとへ帰れるのですね」

「姉は納得しないかもしれませんがね」

確かに、海祢中将のことをいちばんに考えている人だ。耐えることに慣れてしまってもいるし、命を狙われても親王のもとへ戻るかもしれない。海祢中将のことを語る彼女からは、揺らがない意思の強さを感じたから。

語らっているうちに、ようやく石段を上りきった。少し先にあるくたびれた本殿前のこぢんまりとした境内を皆でざっと見渡したあと、隆勝が隊員たちを振り返って言う。

「これより、神社内を捜索する。被害に遭った者の保護を第一優先とし、妖影憑きとなっていれば姫巫女《ひめみこ》を呼べ」

隊員たちは「はっ」と力強く返事をした。

「中にどれほどの妖影や妖影憑きがいるのかは未知数です。必ずふたり一組で行動してください。いいですね？」

海祢中将の指示に再び隊員たちは返事をし、隆勝の「任務に当たれ！」という声でそれぞれ散っていく。

「一見は普通の神社なんですけどね。我らが姫巫女殿、なにか感じますか？」

困ったように笑いながら、海祢中将がこちらを振り返る。

力になりたいのは山々なのだが、今のところ妖影の声は聴こえてこない。申し訳なく思いながら、ふるふると首を横に振った。

「そうですか……では、ここからは俺と隆勝の二手に分かれましょう」

「それがいい。かぐや姫は海祢についていけ」

「いいんですか？　ふたりきりになったら、俺がかぐや姫をぱくりと食べてしまうかもしれませんよ？」

場を和ませようとしているのだろうが、こうしてからかわれると反応に困ってしまう。おろおろするかぐやとは正反対に、隆勝は無表情のまま腰の太刀に手をかけた。

「俺に叩《たた》き斬られる覚悟があるなら好きにしろ」

隆勝は睨まれてもへらりとしている海祢にため息をついたあと、かぐやの前を通り抜ける間際に「海祢を頼んだ」と言い残し、隊員と共に神社周辺の森へと入っていく。

隆勝は大げさに心配したりはしないけれど、今の海祢中将をひとりにしたくないのだろう。遠ざかる背を見送りながら、彼の代わりに自分が海祢中将を守ろうと心に決める。

「いい男ですよね、隆勝は。男の俺でも惚《ほ》れてしまいそうですよ」

「えっ……」

すぐに否定できず、鼓動がほんのわずかに速まった。どう返事をすればいいのか戸惑っていると、海祢中将は大げさに「おっと」とおどけて見せる。

「こんなふうにかぐや姫をからかっては、隆勝に斬られてしまいますね。俺たちも、ぼちぼち行きましょうか」

「えっ、あ、はい……！」

海祢中将の調子に巻き込まれているような気がするが、これも不安を押し隠すための空元気なのだろう。今は他の隊員がいる手前、彼は頼れる黒鳶中将でいなければならない。その分、無理してしまう彼を自分が見ていよう。

かぐやたちは隆勝とは反対側の森へ入る。それから、どれくらい歩き回っただろう。いつの間にか日も暮れ始め、日を遮る木々のせいで辺りは薄暗い。

「あれ、この匂い……」

ふと漂う落ち葉の匂いに甘い香りが混じった気がした。かぐやに合わせて、不思議そうに海祢中将も立ち止まる。

「どうしました？」

「甘い匂いがしませんか？　花の、ような……」

そうですか？　と辺りを見回して、すんと鼻を鳴らす海祢中将の後ろで、かぐやは意識がぼんやりとしていくのを感じていた。

（なんていい香りなの……）

胸に満ちていく幸福感に酔いしれてしまいそうだった。不幸などそこにはないのだと、そう言われているみたいで、かぐやは甘い誘いに抗《あらが》えず足を踏み出す。木々がいっそう生い茂るほうへと。

「かぐや姫？　どこへ行くんです？」

海祢中将が慌てた様子で後ろをついてくるが、歩みを止めることができない。

「様子がおかしい。なにか、妖《あや》しの力に惑わされているのか……？」

海祢中将の独り言を聞きながら、しばらく進むと、ひらりと紅《あか》い花びらが目の前をよぎった。かぐやを迎えるように吹き込むその花びらに引き寄せられ、開けた場所に出ると――。

森に囲まれた広場の中央に、血を吸ったように紅い花を咲かせた桜の木があった。それを見上げ、海祢中将が圧倒されたように呟《つぶや》く。

「紅い……桜の木……？」

その紅い桜の木が、まるでかぐやを呼ぶようにざわざわと揺れていた。恐ろしいはずなのに、漂ってくる甘い香りが思考を鈍らせているのか、ずっとここにいたいと思わせる。

「かぐや姫！　しっかりしてください！」

海祢中将に肩を強く摑《つか》まれ、かぐやは夢から覚めたように彼を見た。

「海祢、中将……？」

目を瞬《しばたた》かせるかぐやに、海祢中将は安堵《あんど》の息をつく。

「よかった、意識がはっきりしたようですね。あなたは朦朧《もうろう》とした状態で、あの桜の木に向かって歩いていこうとしていたんですよ」

意識が朦朧としていた原因には心当たりがあった。

かぐやは、まだぼんやりとする頭を押さえながら説明する。

「恐らく、あの桜の香りのせいかと……森の中を歩いているとき、どこからか漂ってきて、甘い匂いがするなと思ったら、心地よくなって……気づいたときには足が動いていたのです」

「匂いですか……俺にはわかりませんでした」

ここへ来てもなお、海祢中将は匂いを感じないのか、怪訝《けげん》そうに桜の木を見ている。むせ返りそうなほど、香り立っているというのに。

海祢中将はかぐやの髪に手を伸ばし、ついていた紅い花弁を取ると、じっと観察する。

「妖影《かげ》は女性《にょしょう》を狙っていました。もしかすると、その匂いも女性にだけ感じ取れるもので、なんらかの催眠作用があり、かかった女性がここへ誘われるのかもしれませんね」

「催眠、作用……」

海祢中将の言葉で、閃《ひらめ》きの尾を掴んだ気がした。

「なにか気づいたことが？」

「あ、はい。ここへ来れば不幸なんてない、幸せになれる……そんな気持ちになったのです。すごく、すごく……甘美な誘惑でした」

海祢中将は考え込むように下を向く。

「狙われた女性は居場所や身寄りがない者ばかりでしたよね」

「ですが、私は身寄りがないわけでは……」

形だけでいえば翁《おきな》や媼《おうな》がいるし、今は隆勝や菊与納言がかぐやの家族だ。

「孤独を知っている者ほど、誘われやすいのかもしれません。もし姉もここにいるのだとしたら、姉弟や夫という家族がいても埋められないものが……心が引きずられてしまう傷があるのかもしれないなと」

「あ……」

愛されたいけれど、愛されない孤独。塞《ふさ》がったと思っていたのに、疼《うず》いてしまう心の傷がかぐやにもある。

「そうして誘われた結果……異界に迷い込む、と」

花びらが舞う中、かぐやは「え？」と周囲を見回す。

紫の空に浮かんでいたのは夕日ではなく赤い月。振り返ると緑色のかがり火に照らされた大きな屋敷があり、先ほど見た神社の主殿とは違ってくたびれていない。鮮やかな朱色をして、荘厳な美しさがあるその屋敷は真っ赤な桜の木の次に存在感を放っている。

全身に汗が滲《にじ》んだ。廃《すた》れた神社の中にこのような立派な屋敷があること自体も変だ。

これを異界と言わずに、なんと言うのか。ここに足を踏み入れたときにはもう、迷い込んでいたのだ。

「ここに、隆勝様たちは……」

「恐らく、いないでしょうね。ここが心に傷を負った女性にしかわからない匂いを道標《みちしるべ》にして入れる場所ならば、男だらけの黒鳶の隊員が来ることはできないはずです。俺はかぐや姫がいたおかげで、入れたのでしょう」

確かに、とかぐやは頷《うなず》く。

「それから、黒鳶隊総出で捜索をしているというのに、妖影憑きの女性がいまだに見つからないというのもおかしな話です。それが異界にいるからなのだとしたら、納得がいきます」

「ということは、まだ見つかっていない淡海さんも同じようにして、ここへ誘われているかもしれませんよね」

「だといいのですが……」

海祢中将は弱々しい面持ちで、僅《わず》かに下を向いた。

「捜してみましょう。きっと、心細い思いをしているはずです」

促すように彼を見上げると、海祢中将は驚いた顔をしていた。

「海祢中将？」

「ああ、いや、失礼しました。かぐや姫は本当に逞《たくま》しくなったな、と感心してしまいまして。行きましょうか」

かぐやたちは意を決して、屋敷に向き直る。

「かぐや姫は俺のあとをついてきてください。あなたになにかあれば、隆勝が悲しみます」

「わかりました。ですが、海祢中将になにかあっても、皆が悲しみます。私が出るべきだと思った場所では、隣に並ばせてください」

剣を持って戦うことはできないので、妖影だけが相手のときは足手《あしで》纏《まと》いにならないように身を守り、力を温存しておく。

けれど、自分でなければ助けられない命があるときは別だ。

「初めて出た任務で、自分が動けなかったばかりに助けられなかった人がいます。あのような思いを味わうのはもうたくさんです。ましてや大切な人を奪われるのも耐えられません」

「かぐや姫……そうですね、あなたは黒鳶として日は浅いですが、過酷な任務を重ねてきました。もう、守られるだけの姫ではないのですよね」

感慨深そうな笑みを浮かべていた海祢中将は、すっと真剣な顔をする。

「わかりました。ですが、危険なときは引かせますから、そのつもりで」

いつになく厳しい表情を浮かべる彼から目を逸《そ》らさず、かぐやは「はい！」と答えた。

お互いに頷き合い、屋敷に向かって歩き出す。慎重に屋敷の階《きざはし》を上り、簀子《すのこ》を歩く海祢中将の後ろをついていく。すると、曲がり角の前で海祢中将が足を止めた。

「誰か来ます」

「……！」

かぐやの前に腕を出し、背に庇《かば》う海祢中将の視線は曲がり角に注がれている。近づいてくる足音に緊張が走ったとき——。目の前に見覚えのある女性が現われた。

「淡海さん！」

「姉上！」

海祢中将と声が重なる。だが、淡海はこちらの存在など見えていないかのように、虚《うつ》ろな目をして、かぐやたちの真横を素通りした。

予想だにしていない事態に、かぐやたちはすぐに動けなかったが、我に返った海祢中将が踵《きびす》を返す。

「姉上！　俺がわからないのですか！」

その肩を掴んで振り向かせるが、淡海はただ虚空を見つめたままだった。かぐやもそばにいき、彼女の顔を覗《のぞ》き込む。

「淡海さん？　かぐやです、甘味処でお会いした……」

呼びかけても反応はなく、海祢中将と顔を見合わせる。

「先ほどのかぐや姫のように、妖しの力に惑わされているのかもしれませんね」

どうするべきか手を打てずにいる海祢中将の腕を、かぐやはとんとんと叩《たた》いた。

「私は海祢中将の声で我に返りました。弟の言葉なら、きっと淡海さんに届きます。偽りの幸福に囚《とら》われている心を解放できるはずです」

「かぐや姫……ええ、そうですね」

海祢中将は頷き、再び淡海に向き直った。

「姉上、帰りましょう。皆、待っています」

淡海の身体がぴくりと跳ねた。その唇が薄く開くと、彼女は静かな声で言う。

「……帰る……？　どうして……？」

「どうしてって……」

弱りきった表情で言《い》い淀《よど》む海祢中将を、淡海はがらんどうの瞳《ひとみ》で見上げた。

「かわいそう……そう皆から言われているのを聞くたびにね、自分の心が壊れていく音がするの……」

彼女の底の見えない深い闇を感じ、かぐやと海祢中将は同時に息を呑《の》む。

「あの人は……望まない結婚をさせられた当てこすりをするみたいに……毎晩毎晩妾《めかけ》のところへ出かけていく……そして、酔って帰ってきた朝は必ず……私を傷つける」

淡海は自分の着物の袖《そで》をまくり、腕を見せた。そこには痣《あざ》やみみず腫《ば》れ、そして火傷《やけど》の痕《あと》まである。馴染《なじ》みのある傷、その痛みをかぐやは知っている。

「あの男は……っ」

姉が受けた折檻《せっかん》の傷を目の当たりにした海祢中将は、低く唸《うな》るような声で怒った。

「姉上、もう俺のために我慢なんてしなくていいですから！　笹野江家に戻ってきてください！　話せば、父上も母上もわかってくれます！」

海祢中将は摑《つか》んだ姉の肩を揺さぶりながら、必死に訴える。

けれど、淡海には響いていないのか、

「……嫌よ」

そう虚ろな表情のまま答えた。

海祢中将は狼狽《うろた》えた様子で、僅かによろける。

「嫌って、なぜ……」

「ここにいれば……あの人に手を上げられることもない。憐《あわ》れまれることもない……愛されないと、惨めな思いをしなくて済むもの。ここにいることこそ……幸せなの」

「俺たち家族といるよりも、ですか？」

悲しみと衝撃とで、海祢中将は僅かに後ずさった。そんな弟の心中など知らないとばかりに、淡海は暗い目で微笑む。

「ええ」

「……！」

海祢中将は絶句した。かぐやも胸が詰まりそうだった。

――愛されたい。かぐやも願い続けたことだ。けれど、手に入らないと思い知らされるたびに、自分の存在が小さくなって消えてしまいそうになった。だからこそ、辛《つら》い現実から逃れたいのだ。

「出戻りの娘なんて……家の恥よ。父上は絶対に……許さないでしょう」

「なにを！　姉上がいなくなってしまうことに比べたら、父上も……っ」

「いいえ、あなたはわかっていない。私が学を修めたいと言ったとき……父上はなんて言ったと思う？　女はただ子を産み……夫を立てることだけ考えていればいい。そうやって……私の生き方を否定したのよ」

淡海は甘味処でも、学ぶことが好きだったと話していた。そのときの淡海は、きっと失意に打ちひしがれたはずだ。

「仕事も結婚も……女には自由がないもの……だから私は、あなたに夢を託していたの」

「夢……？」

海祢中将は表情を固くしたまま聞き返す。

「そうよ。才能を生かして、活躍するあなたを見ていられれば……それで私も報われると思っていたの。なりたい自分になれない私の代わりに、あなたを助けることで満足できると……けれど、本当は男に生まれたあなたが羨《うらや》ましかった」

「っ……」

海祢中将は衝撃に胸を打たれたように、息を呑んだ。

淡海は学ぶことが好きだったからこそ、余計に家柄で弟《してい》の才が埋もれてしまうことを惜しいと思うのだと語っていた。あのとき、姉弟は分身のようだと思ったのだが、かぐやが考えている以上に、彼女の思いは根深いのかもしれない。

「夫にも私が教養なんて身に付けて、帝《みかど》の目にさえ留まらなければ、結婚しなくて済んだのにと……責められたわ。それで気づいたの……あの人にも、父上にも、誰にも……私は必要とされていないってことに。この世界に私の居場所はないってことに、もう、疲れたのよ……」

海祢中将は姉の空虚な目を見続けることに、耐えられなかったのかもしれない。その場に力なく座り込んだ。そんな彼を見下ろし、淡海は幸福そうに笑う。

「私のことは妖影に喰われたとでも報告して。それなら、私が戻らなくても仕方ないと思ってもらえるわ。いなくなっても家族に迷惑をかけずに済む……最善の方法なの。だから、帰るなら海祢だけで帰って」

淡海はそう言って、くるりと背を向けると、歩き出してしまう。だが、海祢中将は動こうとしない。

「海祢中将、淡海さんが行ってしまいます!」

かぐやは彼のそばに膝《ひざ》をつき、その腕を掴む。

「……姉は……俺を恨んでいたのでしょうか」

取り残された彼は、今しがた淡海に言われたことを気にしているのだろう。

「あれがすべてではないと思います。甘味処で海祢中将のことを話していたときは、純粋に海祢中将の活躍を応援しているように感じました」

「ですが……先ほど言ったことも、きっと本心です」

「そうかもしれませんけれど……風邪をひいたときに弱気になってしまうみたいに、いつもは平気なことでも、今は妖影《かげ》の力のせいでよくないことばかり考えてしまうのではないかと」

思考を変えられてしまうほどの強制力が、あの花の香りにはあった。それを身を以《もっ》て体験しているから言えるのだ。

「皆さんが私を隠岐野の屋敷から連れ出してくださったから、私は自分の意思で生きられるようになりました。淡海さんにも、そういう人が必要です」

「かぐや姫……まだ、俺の声は届くと思いますか？」

取り残された童のように不安げな顔でこちらを見る海祢中将に、かぐやは笑みを返す。

「海祢中将の気持ちを淡海さんに話してください」

「え？」

「お互いに大切なのに気持ちがすれ違ってしまうのは、心を通わせる時間が足りていないからなのかもしれないと、淡海さんが教えてくれました。ですから海祢中将も、伝えたらいいのだと思います。わがままなくらい、願っていることを全部」

揺れていた海祢中将の瞳が、まっすぐに定まった。彼はゆっくりと遠ざかる姉の背を見つめ、声を張り上げる。

「姉上！　あんな男のために自暴自棄になるなんて、姉上らしくないですよ！　なぜ姉上が我慢して、自分を殺さなければならないのですか！」

それでも足を止めない淡海に、海祢中将は屈せず声をかけ続ける。

「姉上が必要とされていないなんて、そんなわけがない！　幼い頃、俺はいつもあなたの真似ばかりしていて、だからこそ自分の強みを見つけることができたのです！　あなたは誰がなんと言おうと、俺の尊敬する姉だ！」

ぴたりと足を止めた淡海が振り返った。その空っぽの瞳に涙が浮かび、頬をはらはらと流れていく。

「淡海さん、私もずっと誰かに愛されたかった」

彼女の視線がゆっくりと、かぐやに向いた。

「私には……普通の人とは違う部分があって……里の人たちには化け物と指をさされ、両親にも捨てられ、祖父母に引き取られましたが……」

着物の袖を捲《まく》り、まだうっすらと残っている手枷《てかせ》の痕を見せると、淡海は息を呑んだ。

「あなたも……」

同類だということに気づいた淡海に、かぐやは曖昧《あいまい》な笑みを返す。

「私の噂のせいで仕事を失ったと祖父母からは罵《ののし》られ、嫁いで貢ぎ物を稼ぐくらいしかお前にできることはないと、ずっとそう言われてきました。汚れたら磨かれて、綺麗《きれい》な着物をとっかえひっかえに着せられて……私の意思で決められるものなんて、なにもありませんでした」

道具で人形だった頃の自分の話をするのは、まだ辛《つら》い。あの日々から抜け出せたというのに、ふとした瞬間に心が囚われてしまいそうになる。おそらくここも、そういう場所なのだ。

「鳥籠《とりかご》の外に出たら、直視したくない現実がたくさんありますよね。傷つく前に、あるいは痛みを少しでも和らげたくて、目を塞《ふさ》ぎたくなる」

苦しいときはそうやって、かぐやは逃げてきた。

「でも、そうしていたら大切なものを見過ごしてしまうこともあります。淡海さんは海祢中将に愛されているのに、そのことからも目を背けてしまって、本当に後悔しませんか？」

淡海は自分の手首をさすりながら、再び海祢中将を見やる。今、彼女は葛藤《かっとう》しているのだろう。捨てられてしまう前に、自分から逃げたほうが傷は浅くて済むから。

かぐやは自分の手首の痣を覆うように、もう片方の手で押さえた。これはかぐやが人形であった証《あかし》、今もかぐやの心を縛る枷。この痣を見るたび、意思など持つなと言われているようで、苦しくなる呪いのようなもの――。

目を伏せれば、足音が近づいてきた。顔を上げるよりも先に、目の前に誰かがしゃがみ込み、細く白い手がかぐやの手首を押さえる手に重なる。その労《いた》わるような触れ方に視線を上げると、泣いている淡海がいた。その目は確かな意思を宿している。

彼女はなにも言わなかったが、痛みを共有してくれている。経験した者にしかわからないこの傷は、淡海とかぐやだから分かち合えるのだ。

「ありがとうございます、かぐやさん。私のために辛い傷を見せてくださって」

淡海は切なげに微笑み、今度は海祢中将を見る。

「海祢……ひどいことを言って、ごめんなさいね。あんなこと、言うつもりはなかったのに……」

「いえ、姉上はここの妖気《ようき》のようなものに当てられていたのでしょう。ですが、本音もそこにあったと思います。俺はあなたの気持ちが聞けてよかった」

ふたりは互いを傷つけまいと思いすぎて、本音をぶつけ合うことも避けていたのかもしれない。

「あなたが羨ましかったのは本当よ。でも、恨んでなんていないわ。本当にあなたが輝ける場所があってよかったと思っているの。だから、申し訳ないなんて気に病まないで。私がなんのために耐えてきたのか、わからなくなってしまうわ」

「姉上……わかりました。でしたら姉上も、忘れないでください。父上がなんと言おうと、俺が姉上の帰る場所になりますから」

「ああ、海祢……私の大切で、何歳になっても可愛い弟……そうね、私にはあなたがいる。あなたのところに帰りたい……」

かかっていた靄《もや》が晴れていくみたいに、淡海の表情が清々《すがすが》しいものへと変わる。妖影の誘惑から完全に抜け出せたのだ。彼女は涙を浮かべながら笑うと、海祢中将をそっと抱きしめた。

「なら、一緒に帰りましょう」

海祢中将も彼女の背に腕を回し、再会の喜びをようやく分かち合えたようだった。

「それにしても、ふたりはなぜ一緒に？」

淡海は海祢中将から身体を離すと、不思議そうにかぐやたちを見比べた。

「甘味処で会ったときは言えなかったのですが、私のお……夫が黒鳶大将の隆勝様なのです。それから、わけあって私も黒鳶で姫巫女《ひめみこ》をしています」

夫と言うのが照れ臭くて、かぐやは少しつっかえてしまった。

「女性《にょしょう》の身で危険な黒鳶に？」

驚きを隠せない様子の淡海に、かぐやは慌てて付け加える。

「あ、はい。ですが、太刀を使って戦っているわけではないので……」

「ふたりが甘味処で会った日、かぐや姫には俺から黒鳶であることは伏せてほしいと頼んだんです。お互いの素性を知らないほうが、気兼ねなく話せるのではないかと思いまして」

淡海は啞然《あぜん》としていたが、やがてため息をつくと、海祢中将をじとりと睨《にら》んだ。

「私が親戚《しんせき》の姫だと嘘をついた時点で、なにか企《たくら》んでいるとは思っていたけれど、かぐやさんを困らせては駄目よ」

叱られた海祢中将は「はい」と苦笑しながら肩を竦《すく》めた。姉には頭が上がらない、そんな表情が少し新鮮だ。

「けれど、私を想ってしてくれたのは嬉しいわ。かぐやさんも海祢も、迎えに来てくれて、ありがとうございます。それから、迷惑をかけてごめんなさい」

身体を畳むように、深々と頭を下げる淡海に海祢中将が強く反論する。

「姉上はなにも悪くありませんよ！　元はと言えば、親王が……っ」

海祢中将の言葉を、淡海は「いいの」と遮った。

「私がここに来た理由が、どんな策略のもとにあるのかは存じませんが、ここに来られてよかった」

それが嘘偽りない本心だということは、淡海の凜《りん》とした双眼が証明している。

「姉として、笹野江の長女としてしなければならないこと、親王妃としての存在意義……いろんなことに押し潰《つぶ》されそうになって、自分の望みを見失いかけていたの」

淡海はかぐやのほうを向いた。

「かぐやさんも、女性の身で黒鳶で頑張っているんだもの。私ももう少しだけ、夢を見てみたくなりました。私を必要としてくれる場所を探したい。あなたのように、強くなりたい」

淡海も自分の欲しいものを見つけられたのだ。それを言葉にできる強さを取り戻した彼女なら、もう大丈夫だろう。

「ですから海祢、わがままを言わせて。あなたのところへ、私を連れて行って」

弟の目を、淡海はまっすぐに見つめている。

（淡海さんの鎖も、ようやく壊れたんだわ）

海祢中将は「喜んで」と姉の手を取った。

そして皆で立ち上がると、海祢中将が簀子《すのこ》に面した広場を厳しい面持ちで眺める。

「あとはここから、どうやって出るかですね。ここは恐らく異界です。元来た道を辿《たど》ったところで元の世界に帰れる保証はありませんが、試してみるしかありませんね」

「あ、待って」

淡海は繋《つな》いでいた海祢中将の手を引っ張った。

「私の他にも女性たちがたくさん、この屋敷にいるのです。置いてはいけません」

かぐやと海祢中将は、こちらが見落としていた行方不明者のことを思い出しながら視線を交わす。

「やはりそうでしたか。最近、妖影《かげ》が身寄りのない女性たちを攫《さら》っているのです。恐らく姉上が見たのは、黒鳶が見落とした、今回の事件の被害に遭った女性たちでしょう。皆さんはどちらに？」

「各々《おのおの》庭を眺めたり、部屋でぼんやりしたりして過ごされているわ。中には体調が優れなくて眠っている方もいるけれど……」

「そうですか……ひとまず、皆さんを集めて話をしてみましょう」

海祢中将の一声で、屋敷のあちこちにいる女性たちに声をかけて回ることになった。

呼びかけに反応しない彼女たちの手を引いて、なんとか広間に集める。

「まさか、こんなにいるなんて……」

かぐやは虚《うつ》ろな顔をしている女性たちを見回す。ざっと十人だ。ぶつぶつと呟《つぶや》いている者、壁に寄りかかって眠っている者、様々いる。

淡海は女性たちの顔を改めて確認し、顔色を変えた。

「あれ……ひとりだけ見当たらないわ。昨日までは、いたと思うのだけれど……」

「ですが、屋敷内はくまなく捜しましたよね？　広場の外に出たのでしょうか？」

かぐやが首を傾げると、海祢中将は眉《まゆ》を険しくする。

「いえ、それは考えにくいですね。異界に誘い込むくらいですから、外へ出す気はないかと……」

「ということは、妖影に……？」

自分で口にしておいて、全身に汗が流れた。

「恐らくはそうなるでしょう。それにしても、こんなにも人間を捕らえておきながら、喰《く》らったのはひとりですか……」

僅《わず》かに下を向いて考え込んでいた海祢中将は、ふと閃《ひらめ》いたかのごとく顔を上げる。

「人の心の隙を狙い、獲物を自分のところへと誘い込む……初めて知る事案ですが、ここは人間という食糧の備蓄庫みたいなものなのかもしれません。それに異界ならば、黒鳶の目につくこともない。俺たちに討たれる心配なく、ゆっくり食せます」

もし、この場所を見つけられていなかったら、ここにいる女性たちは全員、妖影の食糧になっていたのかと思うと、血の気が引いた。

「妖影は人を喰らうために、いろんな術《すべ》を持っているのですね……。皆さんも淡海さんのときのように、妖影の力に当てられているのでしょうか……」

女性たちは幸福な夢でも見ているかのような顔で、心ここに在らずの状態だ。淡海もそんな彼女たちを気の毒そうな顔で見ている。

「偽りの幸福から、抜け出せなくなっているのかもしれませんね。説得しても、ここから出てくださるかどうか……」

ここにいる女性たちは恐らく、様々な形で虐げられてきたはず。外の世界には自分を傷つけるものしかない。そう思っていたかぐやと同じように、彼女たちはここから出るのを恐れているのだろう。それこそ、夢から二度と目覚めたくないと思うほどに。

かぐやは隆勝に連れ出してもらえたが、彼女たちにはそういう相手はいるのだろうか。もしいないのなら、戻る場所がないのなら、ここから連れ出すほうが酷なのではないか。

かぐやだけでなく淡海の胸の中にも、きっとそんな迷いが浮かんでいる。

「瞳《ひとみ》の色、姿の変容……やはり妖影憑《つ》きの兆候は見られませんね」

海祢中将は冷静に、彼女たちを観察していた。

女を惑わせる花の香りは神社の外には届かない。この神社まで彼女たちを連れてくる手段がいる。かぐやたちが発見できた女性たちのように、妖影に取り憑かせて連れてくるという方法だ。彼女たちを平然とここへ集めてしまったが、妖影憑きであったなら危険だった。海祢中将はかぐやの気づかないところで、安全に注意を払ってくれていたのだろう。自分も見習わなくては。

「ですが、ここに来るとき一度は妖影に憑かれているはずです。ここに囚《とら》われてどれほど経っているのかはわかりませんが、かなり衰弱している。すみやかに医者に診せなければなりませんね」

海祢中将の言う通りだ。妖影に憑かれた人間はその反動で寝込む者もいる。彼女たちは見るからにやせ細っているので、早く治療を受けたほうがいい。

たとえ、彼女たちがここから出ることを望んでいなかったとしても助けなければ。

「出口を探しましょう」

海祢中将の言葉に、かぐやと淡海が頷《うなず》いたとき、甲高く尖《とが》った笛の音が響き渡った。

「これって……」

聞き覚えのある音色に思い浮かぶのは、あの夜叉《やしゃ》の存在だ。かぐやがその名を口にしようとすると、ごうごうと風の音が迫ってきた。

簀子のほうへ目を向ければ、桜吹雪が一気に屋敷になだれ込む。

「……っ」

声にならない悲鳴をあげながら、かぐやと淡海はよろける。海祢中将がかぐやたちに腕を伸ばして支えてくれるが、共にしゃがんで耐えるので精一杯だ。

「っ……ついに夜叉が動き出しましたか。俺たちをここから逃がす気はないようですね。他の女性たちは……」

海祢中将が顔の前に腕を翳《かざ》しながら、室内に目を凝らす。女性たちは桜吹雪の勢いで肌に切り傷が刻まれようとも、座り込んだまま生気を失ったように床を見つめていた。

『逃ガス、モノカ……』

妖影の声がして勢いよく境内に目を向けると、桜の木が怒るようにごわごわと揺れていた。

「っ、かぐやさん？　そちらになにかあるのですか？」

淡海がかぐやの手を握り、顔を覗《のぞ》き込んでくる。

「あっ、いえ……」

本当のことを話したら、淡海を混乱させてしまうだろう。ただでさえこんな状況だ、今は逃げることに集中してもらわなければ。

そう思ったかぐやは、曖昧《あいまい》に笑って答えをはぐらかした。

「甘い香り……っ、なるほど。このことでしたか……っ」

花の量が増えたからだろうか。海祢中将まで香りに当てられ始めたようだ。

「正気を保っていられるうちに、ひとまずこの桜から身を隠せる場所へ女性たちを避難させなければ……」

海祢中将は引き抜いた太刀をガンッと床に突き立てると、杖《つえ》代わりにして腰を上げる。

「皆さん、俺たちは黒鳶です！　あなた方を助けに参りました！　ここは危険です。すぐに建物の奥へ身を隠してください！」

海祢中将が声を張るが、女性《にょしょう》たちは億劫《おっくう》そうに顔を上げる。

「助けに……どうして……？」

膝《ひざ》を抱えてそう言った女性は、土だらけで着物も薄汚れている。

「嫌よ……ここにいる。帰っても苦しいだけだもの……」

震える両腕で顔を庇《かば》った女の肌には、青痣《あおあざ》がいくつもできていた。

「私たちはここを出たいとは思っていません……ここなら安全だもの。それに、ひとりじゃない」

互いの孤独を慰めるように彼女たちは身を寄せ合い、作られたような笑みを交わしている。海祢中将の言葉に喜ぶ者はひとりもいなかった。

皆、また残酷な世界に放り出されることが怖いのだ。花の香りが濃くなり、現実を忘れられるこの場所がより桃源郷のように感じられるのだろう。

「なら、ここで妖影《かげ》に惨《むご》たらしく喰らわれて死んでもいいのですね！」

唐突に、琴の弦を弾いたような、淡海の芯《しん》のある声が心に直接響く。どきりとしながら彼女を見たのは、かぐやだけではないだろう。

「苦境の中で散々耐えてきたというのに、誰かの特別になりたい、愛されたい……決して崩れることのない絆《きずな》を誰かと築きたい。その願いを果たせないまま、ここで諦《あきら》めてしまって本当にいいのですか！」

淡海につられるように、かぐやも女性たちも胸に手を当てた。

ずっと空っぽの心を埋めてくれる誰かを探していた。そしてかぐやは……もう見つけている。頭には黒鳶の人たちや菊与納言、淡海、そして——隆勝の顔が浮かんでいる。

「私たちが求めているのは、こんな偽りの幸福でできた世界ではなくて、人の中にある居場所でしょう？」

「だとしたら……なんなのですか？」

女性のひとりが涙を滲《にじ》ませた目で、淡海を睨《にら》みつけた。

「もう十分、自分の居場所を作ろうって努力してきました。それでも無理だった！　それなのに、まだ頑張れっていうの!?」

憤る彼女に、淡海は首を横に振った。

「いいえ、もう十分頑張ったもの。ですから、こんな終わり方は嫌なのです。ここで無残に殺されるために、自分を殺してきたわけではありませんから」

はっと息を呑《の》んだ女性たちを見回し、淡海は言う。

「私はもう、我慢なんてしません。家のため？　夫のため？　知ったことではありません。ここを出たら、自分らしく生きましょう。私たちはどん底を知っています。並大抵の女より、ずっと逞《たくま》しいのですから、絶対にできます」

差し出された手が暗闇に垂らされた一本の光る糸のように見えた。細くて切れてしまいそうなのに、きらきらと輝いて目が離せない。その希望に手を伸ばさずにはいられないはずなのに、女性たちはまだ迷っている。

かぐやは虐げられるきっかけとなった化け物の力を黒鳶の皆に必要とされたことで、初めて自分が世界に存在していいのだと実感できた。みっともなくとも諦めなければ、いつか本当の自由と幸福を知ることができるはずなのだ。

希望を捨てないでほしい、かぐやはその一心で口を開く。

「たくさん人に傷つけられて、裏切られてきたから……今は信じることが怖いですよね。ですが、差し伸べられた手まで振り払わないでください。一度でいいから、人の厚意を信じてください。そうでなければ、誰のことも信じられなくなって、自分に向けられた想いすら見逃してしまいます」

女性たちは目が覚めたかのように、瞳に光を取り戻す。涙を流しながら、鼻をすりながら、ぽつぽつと「私も幸せになりたい」「このまま終わるなんて悔しい」と言い、床を這《は》うようにして周りに集まってくると、淡海の手に自分の手を重ねていく。

「皆で、ここから出ましょう」

淡海の呼びかけに、女性たちはようやく頷いてくれた。

「さあ、部屋の奥へ！」

女性たちは淡海に促されるように、桜吹雪にときどき行く手を阻まれながらも、四つん這いで屋敷の奥へと向かう。

かぐやは彼女たちの背をほっとしたように見送っている、淡海の横顔を眺めていた。

（やっぱり、海祢中将のお姉様なんだわ）

人を惹《ひ》きつけ、元気にする力がある。こんなに魅力的な人が虐げられていたなんて、誰が想像できるだろう。彼女が翼を広げたら、空を飛んでいたら、誰もが目を奪われてしまうはずなのに、今まで羽ばたけずにいたなんて歯がゆい。

「かぐやさん、どうしました？」

かぐやの視線に気づいた淡海が振り向く。

「あ……こんな状況ですみません。皆さんを説得したときの淡海さん、凛《りん》としていてかっこよくて……なんて魅力的な人なんだろうと……見惚《みと》れてしまって」

淡海がいなければ、彼女たちは動かなかっただろう。

目を点にした淡海は、おかしそうに小さく吹き出す。

「ふふ、そう見えているのなら、かぐやさんのおかげです」

かぐやの手を取り、淡海は顔をほころばせた。

「お友達であるあなたに恥じない私でいたい。その気持ちが私を変えたのです」

「淡海さん……」

声が震えた。嬉《うれ》しくて胸が熱い。

「ここから出られたら、またあの甘味処に行きましょう？　約束ですよ」

小指を結ばれ、かぐやは迷わず「はいっ」と大きく頷いた。ふたりで喜びを噛《か》み締めていると、優しく見守っていた海祢中将が声をかけてくる。

「さて、姫様方、そろそろこちらも動きましょうか」

「あ、はい！　妖影の居場所を探ります」

かぐやの答えを聞いた淡海の戸惑うような視線を感じたが、気づかないふりをして意識を妖影の気配に集中させた。先ほど声が聞こえたのは桜の木のほうからだったので、そちらを気にしながら妖影に問いかける。

「この世界は、あなたが作ったもの？」

『ソウダ……ココハ、心地ガイイダロウ。何処ニモ受ケ入レラレナイオ前タチニハ』

愉《たの》しげな妖影の声が返ってきて、胸の内がささくれ立つが、今はやるべきことをする。

声が聞こえてきた方角と、感じている気配が一致する場所は——。

やっぱりあそこだ！　とかぐやが海祢中将を振り返ると、彼はすぐに悟ったらしい。

「見つかったようですね」

「はい。広場にある桜の木に憑《つ》いているかと！」

海祢中将は床から太刀を引き抜き、かぐやたちを背に庇う。

「行きましょう、俺が盾《たて》になります」

彼は桜吹雪の壁を真っ二つに割るように、構えた太刀を押し込みながら進む。その後ろを淡海と共についていき、広場へと向かった。

「かぐや姫、この異界から抜け出すには、この異界を作った妖影を討つしかないでしょう。植物に妖影が憑く事例は今までありませんが、異例の事態が続いていますからね。もし、あの桜の木に憑いているのだとしたら、あなたの力でお願いできますか？　太刀で木一本切り倒すのは、至難の業なので」

前を向いたまま目線だけを寄越《よこ》してくる海祢中将に、かぐやは「はい！」と答えて、足を滑らせないよう慎重に階《きざはし》を下りる。桜吹雪の勢いが強く、桜の木とはまだ距離があるが、なんとか真正面に立つことができた。

「俺が守ります。ですから、かぐや姫！」

海祢中将が太刀を構えて、かぐやのそばに控える。

「始めます！」

かぐやは的を強く見据え、身の内に宿る力を呼び覚ます。

大きく脈打つ鼓動と身体の奥から広がっていく熱、金色に変わりゆく髪。空に手を伸ばせば、そこに月光が集まるかのように天月弓が現われた。

「……！　かぐやさん、それは……」

驚いている淡海を背に庇う。

ここまで姿が変わってしまえば、隠しようがない。

かぐやの手足は震えていた。気味悪がられただろうか。せっかくできた友人に化け物だと思われてしまったら……そんなふうに考えそうになり、ぶんぶんと首を横に振る。

これは任務でもある。海祢中将が頭を切り替えて黒鳶の仕事をしているように、かぐや私情は捨てて働かなければ。それに淡海なら……大丈夫な気がした。

「淡海さん、これが私が化け物であり、姫巫女《ひめみこ》と呼ばれる所以《ゆえん》なのです」

かぐやは天月弓をしっかりと握りしめる。

「私には……妖影の言葉を理解し、妖影を討つ力があります。黒鳶に入れたのも、そういう人とは違う力があったからなのです」

それを聞いた淡海は、かぐやの姿を見てしばらく放心していたが、ややあって「そうだったのね」と頷《うなず》いた。

「あまりに綺麗《きれい》だったから、息をするのも忘れて見入ってしまったわ」

そう言って、淡海は微笑んでいた。

「え？」

あまりに普通に受け入れられたので、かぐやは拍子抜けしてしまう。そんなかぐやを見た淡海は、まるで手のかかる妹を見るような優しい眼差《まなざ》しで言う。

「あなたのその力は、妖影《かげ》に苦しめられている人たちを救える力だわ」

だから自信を持てと、そう背中を押してくれているのだとわかった。

救える力なんて、かぐやにはもったいない評価だけれど、淡海やここにいる女性たちを助けられたなら、自分を孤独にしたこの力を、前よりももっと受け入れてあげられる気がする。

(天月弓……私はあなたが大嫌いだった)

それでも、今は誰かを守れる力があってよかったと心から思う。

「ありがとうございます、淡海さん」

思わず泣きそうになったが、かぐやは強く桜の木を見据え、ゆっくりと弓を構えた。

光の矢がつがえられた瞬間、桜の木の枝が鞭《むち》のようにこちらに襲いかかってくる。

かぐやは思わず狙いをぶれさせてしまうが、すぐに海祢中将が斬り弾《はじ》いた。

「今のうちに！」

「ありがとうございます！」

かぐやは弓を構え直す。

妖影は自分の価値を見つけられなくて、彷徨《さまよ》っている女たちの心に付け込んだ。他者に踏みつけられても、必死に生きてきた彼女たちの羽をもぎるような真似は許せない。

「あなたが作り出した、この鳥籠《とりかご》の世界を――壊す！」

弦を離すと、解き放たれた矢はまっすぐに桜の木へと飛んでいく。次の瞬間、かぐやは「えっ」と目を疑った。信じられないことに、矢が幹をすり抜けていったのだ。

妖影は無駄だと言わんばかりに、ケラケラと笑う。

「なっ、すり抜け……ぐはっ！」

矢の行方に気を取られていた海祢中将の横腹に、枝の鞭が食い込む。彼の身体は遠くへ飛ばされ、「ぐっ」と呻《うめ》きながら強く地面に衝突し、幾度も転がった。

「海祢！」

淡海が悲鳴交じりの声で弟を呼び、駆け寄る。かぐやは走り出したい衝動を堪え、その場に踏みとどまった。海祢中将が動けないなら、なおさら自分がなんとかしなければ。

矢がすり抜けたということは、あの桜の木は幻？　けれど、実体がなければ枝の鞭で海祢中将の身体を薙ぎ払うことはできないはず。

（なにが起きているの？）

今回の妖影は催眠をかけられる。つまり、想像が現実であるかのように思い込ませることができる。ということは『桜の木の枝に打たれた』と自分が信じてしまえば、本当にそれが起こったように錯覚する、痛みを感じるということだ。

そう考えると、桜の木はかぐやに見えている場所とは違うところにあるのかもしれない。むしろ、桜の木に見えているだけで別のものである可能性もある。海祢中将も、植物に妖影が憑く事例は今までないと言っていた。

あの桜の木もどきから妖影の声が聴こえたのは確かで、気配もあったので、あれが本体であるのは間違いないはず。

きっとこの異界も、他の人間にこの場所を見つけられないのも、妖影の催眠の力が関与しているのだ。今見ている景色のすべてを疑って、視覚を頼らずに妖影の気配だけに集中しよう。

かぐや姫は目を閉じ、静かに弓を構えた。

「かぐや姫は、なにを……？」

海祢中将の戸惑う声が聞こえる。

『何度助ケテモ無駄ダ、カグヤ姫』

ケケケケッと笑う妖影の声に心が乱れそうになる。

（……どういう意味？）

その言葉の真意に思考を捕らわれそうになるが、今はそのときではない。胸のざわめきに気づかないふりをして、感覚を研ぎ澄ませる。こめかみのあたりがズキズキと痛み、右へ左へと素早く動くなにかの気配を捉えた。かぐやは弓をそちらの方角へ向け、逃がすまいと矢を射る。

『キシャアッ！』

妖影の悲鳴が聞こえ、かぐやは目を開けた。矢は当たらなかったものの、妖影に掠ったらしい。一瞬だが長い舌を持ち、背に紅い花が埋まった避役《ひえき》――いつか書物で見た姿を消せる幻獣のような妖影の姿が見える。だがすぐに、景色に溶けるように姿が消えてしまう。

「……！　あれが妖影の本体ですか！　桜の木も消えている……一体なにが……？」

淡海に支えられながら、海祢中将は地面に片膝《かたひざ》をつく。

「海祢中将、今見えているものすべて、妖影が自分の姿をくらませるための幻です！　ですがやっかいなことに、現実だと思ってしまうとこちらも負傷してしまいます」

恐らく妖影の背の花から放たれる匂いに、催眠作用があるのだ。

「なるほど、かぐや姫はそれで目を閉じていたのですね」

海祢中将は太刀を杖代わりにして立ち上がる。

「かぐや姫、あなたの力はそう何度も使えるものではありません。妖影の位置を教えてください。俺が追い詰めます！」

「わかりました！」

再び目を閉じ、感覚を張り巡らせる。そしてその気配を捉え、開眼する。

「北西の方角です！」

海祢中将が駆け出し、「ふっ」と迷わず指示した空間を太刀で斬りつけた。『ギイッ！』と痛々しく鳴くが、またもや見えなくなってしまう。

「くっ、浅かったか！」

「海祢中将、北東です！」

「次は仕留めます！」

彼は下段に構えた太刀を疾走の勢いを殺さず、下から掬い上げるように振るった。

『ギャアアッ！』

斬られた妖影は叫び声をあげ、長い舌で海祢中将を薙《な》ぎ払《はら》おうとする。しかし、彼は太刀でそれを受け止め、砂埃《すなぼこり》を巻き上げながら、ズサーッと後退する。だが、矢を射るには十分な隙を作ってくれた。

海祢中将がかぐやを振り返る。

「かぐや姫！」

「はい！」

ぐっと踏ん張り、目一杯まで弓を引き絞る。

（今度こそ……壊す！）

かぐやの心に共鳴するように膨れ上がった力をぎりぎりまで引き上げ——、一気に開放した。勢いよく飛び立った矢は、妖影のど真ん中にめり込んでいく。

『グアアアアアアッ！』

妖影が灰となって散ると、景色が煙のように揺らいだ。風に攫われるように偽りの世界が消え、空に血の色ではない本物の黄金の月が顔を出す。

（ああ、月だわ……）

かぐやが天を仰いでいると、

「帰って……来られたのかしら？」

「さっきまでいた本殿がないわ」

女性たちの声がして、かぐやは振り返る。異界にいた女性たちが困惑した様子で辺りを見回しながら、地面に座り込んでいた。

（よかった、皆無事で……）

ほっとしたからか、かぐやの髪色が元に戻り、天月弓が消えた。そのとき、空を衝《つ》くような笛の音が鳴り響いた。

皆が音の聞こえたほうを勢いよく振り返る。そこには血だらけの隆勝が立っていた。荒い呼吸を繰り返し、その目は焦点が定まっていない。足元には大勢の隊員たちが折り重なるように倒れている。

「隆勝……様……？」

彼の持つ太刀の先から血が滴っている。

（隊員たちは、まさか絶命して……？）

恐らく、その場にいた全員が同じ考えを頭に浮かべただろう。皆、血の気の失《う》せた顔で放心している。

しかし、呆然《ぼうぜん》としている暇はなかった。森の奥から夜叉《やしゃ》が横笛を吹きながら歩いてくる。その音に操られるように妖影に憑《つ》かれた隊員たちがぞろぞろと姿を現わし、かぐやたちを囲んだ。

「……カグヤ姫……」

「マタモ、裏切ルノカ……」

妖影たちは隊員たちの身体を使って、かぐやの名を口にする。妖影は人に取り憑けば言葉を話せるのだ。女性《にょしょう》たちは太刀を手に目を金色に光らせる隊員たちに怯《おび》え、悲鳴をあげる。

「皆さん、俺が退路を開きます！　こちらから逃げてください！」

海祢中将が隊員たちの壁の一か所に目をつけ、太刀で斬りかかると僅かな道を開く。

女性たちは足をもつれさせながら、なんとかそこに向かって走った。

「姉上、かぐや姫も早く！」

「ですが、妖影憑きになった隊員の皆さんが……！」

かぐやは金色の目をぎらつかせている隊員たちを見回す。妖影憑きを助けられるのは自分だけなのに、逃げられるわけがない。

「かぐや姫はすでに二度、力を行使しています！　その反動がもうきているはずです！」

確かに身体は熱を持って怠《だる》い。だが、隊員たちや血だらけの隆勝が目に入り、ここにいたら足を引っ張るだけだとわかっていても、どうしてもその場から動けない。

「逃げましょう！」

立ち尽くしていると、淡海に腕を引っ張られた。彼女は自分を連れて歩き出そうとしてくれたのだが、くらっと眩暈《めまい》がして膝をついてしまう。

「……っ、しっかりなさって、かぐやさん！」

淡海は焦ったようにしゃがみ、かぐやの顔を覗《のぞ》き込んだ。

「お……うみ、さ……先に、逃げ……」

「そんなことできないわ！　お友達を置いていけない！」

海祢中将はこちらの様子を気にしているが、ひとりで仲間を殺さないよう戦っているのだ。こちらにまで手が回らない。

夜叉はその隙を突き、大きく飛翔《ひしょう》すると、こちらに向かって飛んで来る。夜叉の手がかぐやに迫り、為《な》す術《すべ》なく淡海と身を寄せ合ったとき――。

「連れて行かせないと……っ、言ったはずだ！」

声がしてすぐに、影が目の前に躍り出る。疾風のごとく夜叉に斬撃《ざんげき》を浴びせたのは、血まみれの隆勝だった。夜叉は隆勝の太刀を避け、大きく後ろに退き、距離を取る。

「俺が夫であることを許される限り、なにも奪わせない……！」

「隆勝……様……」

目の前にある広い背中にほっとしたのも束の間、おびただしい血を纏《まと》う彼に恐る恐る尋ねる。

「その、血は……」

青ざめるかぐやから、隆勝はすっと視線を逸《そ》らし、表情を翳《かげ》らせた。

「ほとんど俺のではない……返り血だ」

「……！」

亡くなった隊員はいるだろうかと、嫌な考えが頭をよぎる。

「大量の妖影《かげ》が現われ、討ちきれず隊員たちが次々と妖影憑きになったのだ。お前が来るまで、なんとか命を奪わずには済んだが……無傷とはいかなくてな」

隆勝はひとりで、これだけの隊員たちを殺さずに相手していたのだ。隆勝の身体にも、仲間に斬られたのだろう傷が無数に見受けられる。黒鳶は有能な武人の集まりだ。隆勝でなければ、死んでいただろう。

「あの夜叉の狙いは……私、ですよね？　私のせいで、隆勝様や皆が……っ」

「かぐや姫……お前がいなければ、仲間を殺す選択肢しかなかった……お前のおかげで俺は……お前が来るまで耐える……という選択ができたのだ」

隆勝はそう言ってくれるが、自分が夜叉を引き寄せなければ、そもそもこんな事態にはならなかったのではないか。傷ついた仲間たちも、隆勝に仲間を傷つけさせたこともこたえて、かぐやはその場にへたり込んだまま動けなかった。

「かぐや姫……くっ」

隆勝は悔しげに奥歯を嚙《か》む。なにを言っても、かぐやの自責の念は消えないと悟ったのだろう。太刀の柄《つか》を握り締め、森の中で佇《たたず》んでいる夜叉を睨《にら》み据える。

「これで満足か」

隆勝の表情から読み取れるのは、静かに燃え上がる怒りだ。

「妖影が女を狙って取り憑く事件、それは御息所の失踪《しっそう》を起こすための伏線だろう。それに貴様が関わったのは、かぐや姫の身近な人間を傷つけられる絶好の機会だからか？」

夜叉は沈黙したまま、隆勝を垂衣《たれぎぬ》越しに見ている。その間、夜叉の意思に従うように妖影憑きとなった隊員たちも静止していた。

「貴様はかぐや姫に付き纏うが、いっこうに本人を傷つける素振りは見せない。それが引っかかっていた。だが、標的がかぐや姫の大事な者であるとわかり、腑《ふ》に落ちた」

標的になったのは、媼《おうな》や凜少将、それから御息所だ。かぐやにとって家族であり、仲間であり、友人である存在だ。

「なんの恨みがあるのかは知らんが、貴様はかぐや姫の身体ではなく、その心を痛めつけたいのだろう。ならば念願叶《かな》って、さぞ気分がいいだろうな」

隆勝の語気と顔色には、ぴりつくような殺気が漂っている。

「だが貴様ごときに、かぐや姫が築き上げてきた居場所を脅かすことなどできん。皆、これしきのことで離れようと思うほど、軟弱ではないのでな」

夜叉への宣戦布告だけでなく、かぐやへの『離れない』という意思表示にも聞こえて、全身に血が通い始めたような感じがした。

「隆勝、後方の隊員たちは足の腱《けん》を断ちましたので、妖影の再生力を以《もっ》てしても回復に時間がかかるでしょう」

隊員たちが動かない隙に、海祢中将は隆勝のもとまで下がってくると、太刀を構えながら報告する。

「かぐや姫は身体的にも精神的にも限界です。前方にいる残りの隊員たちも、俺が相手をします。できるだけ死なせないよう努力はしますが……」

「……わかった。辛《つら》い役目を背負わせる」

「いいえ、隆勝にばかり押し付けるわけにはいきません。俺も背負います……共に」

海祢中将の思いを汲《く》んでか、隆勝は頷《うなず》き、ふたり同時に夜叉を見据える。そして――。

隆勝と海祢中将は合図もなく、同時に地を蹴《け》った。ふたりに斬りかかる隊員たちの攻撃を海祢中将が片っ端から弾《はじ》き、隆勝の道を切り開く。まさに阿吽《あうん》の呼吸だった。

「かぐやさん、大丈夫です。あなたの旦那《だんな》様が守ってくれます」

淡海の励ましを聞きながら、かぐやは隆勝を目で追う。

一息を吐き、鋭い突きを浴びせる隆勝。夜叉は横笛でそれを受け止めるが、怒濤《どとう》のように繰り出される太刀に押されていた。

「あの夜叉があなたを狙って事を起こしたのだとしても、私もあなたのせいとは思いません。ですから、かぐやさんも——」

甲高い笛の音が淡海の言葉を遮った。次の瞬間、淡海が覆い被《かぶ》さってくる。彼女の肩越しに焦りを滲《にじ》ませた顔で振り返る隆勝と海祢中将、そして黒い獣が大きく口を開いているのが見えた。隊員の誰かに取り憑いていた妖影が、その身体から抜け出したのだろう。ぼんやりと、その事実を頭のどこかで理解する。

肉が引き千切られるような不快な音と共に、目の前に赤が散った。

「……え？」

獣のような妖影に首を嚙まれた淡海が、ゆっくりと横へ傾いていく。綺麗《きれい》な髪を靡《なび》かせながら、どさっと地面に落ちる。息もできない、声もあげられなかった。ただ、なにかを叫ばんと薄く開いた唇がわなわなと震える。

「あね、うえ……？　姉上！」

海祢中将の張り裂けるような悲鳴を聞きながら、かぐやは考えることを放棄していた。

そうしなければ、心が耐えられなかったからだ。

時が止まったように皆が動けないでいる中、隆勝が「貴様！」といち早く正気に戻り、振り返りざまに夜叉を斬りつけた。しかし、夜叉は軽々とそれを避ける。

思考が鈍る。そんなかぐやに獣の妖影が嚙みつこうとしたが、こちらへ駆け寄ってきた海祢中将が「退《ど》けえ！」と裂けんばかりの声をあげ、斬り捨てた。

妖影の断末魔の叫びと、倒れ込む勢いで姉のそばに膝をついた海祢中将の「姉上！」という悲痛な叫びが重なる。

「姉上っ、姉上！　どうして、こんな……っ、姉上！」

海祢中将は震える腕で、淡海の身体を抱きかかえた。何度も名を呼びながら、涙を流している。

淡海の着物が赤黒く染まっていき、今この目に映る景色のすべてが偽物であったならよかったのにと、もうひとりの自分が悲鳴をあげていた。

「海、祢……私は……後悔、していません。誰のために命を懸けるのか……自分の生き方を……最後の最後で決めることが……できたのだから……」

血色の失せた唇《う》に苦笑を滲ませて、淡海は力なく腕を上げると、弟の頬に手を添えた。

「なにをっ、最後だなんて縁起でもない！」

「誰にも、私を縛ることはできないのよ……」

淡海の顔は紙のように白い。遠くに行ってしまう、そんな焦燥感に襲われた。

「ああ……わた、私……」

かぐやの声が聞こえたのか、淡海はゆっくりとこちらを向いた。

「あなたの……せいじゃない。お友達を守れた自分を……誇りに思っているのに……その私の想いを……罪として……背負ってしまわないで……」

嗚咽《おえつ》と涙が込み上げてきて、かぐやは項垂《うなだ》れる。自分が辛いときにまで、どうして淡海はかぐやを慰めようとするのか。

「あなたには……私が守ってあげたいと思えるほどの価値が……あるの。それをどうか、否定しないで……」

――なぜ、友は〝いつも〟先に逝ってしまうのか。

これが誰の感情なのか、そんなことを考える余裕もなく、漠然とそう思い嘆く。

「あなたの戦う姿に……勇気をもらい、ました……誰かの希望になれる人間は……そういない……のよ……」

淡海がかぐやの手首に自分の手首をくっつけた。かぐやたちを縛っていた枷《かせ》――痣《あざ》が重なる。

「これは勲章……黒鳶の弟に恥じないよう……大切な友人を守った女がいたということを……覚えていてね……あなたが私を救ったのだということも……忘れないで……」

こんなときまで微笑んでいる淡海の目から、涙がはらはらと流れている。

淡海は光が消えていく目を細め、かぐやの髪にも手を伸ばした。

を救って逝ったのだ。

「そう、だ……あの金の髪……本当に……綺麗だった……わ……」

かくっと、かぐやの髪を梳《す》いていた淡海の手が落ちた。淡海は最期まで、かぐやの心を救って逝ったのだ。

――〝また〟、守れなかった。

また？　と自問自答するも、息絶えた淡海とその身体を抱きしめて呆然《ぼうぜん》としている海祢中将を見たら、そのような些末《さまつ》なことはどうでもよくなった。

「そんな……駄目、です」

かぐやは彼女の手を握り、眠っている友を起こすように揺する。けれども反応がなく、かぐやは彼女に近づき、その顔を覗《のぞ》き込む。

「淡海さんはこれから、幸せになるのでしょう……？　甘味処も……っ、一緒に行くって約束、しましたよね……？」

彼女の小指に自分の小指を絡めた。だが、先ほどのように絡め返してはくれない。ぽたりと、かぐやの涙が彼女の白い頬に落ち、流れていった。

「なぜ……」

勝手に口が喋《しゃべ》っている。力を使った反動なのか、心が受けた衝撃のせいなのか、頭がぼうっとして、なにも感じられない。自分という輪郭がひどく曖昧《あいまい》なものになっていく。なぜ、淡海がこんな目に遭わなければならないのか。胸が張り裂けてしまいそうだ。それなのに、こんなときでも月は変わらず輝いている。世界はかぐやたちの心を置いてきぼりにして、流れている。

——今、やっとわかった。月を見上げるたびに悲しくなるのは、どんなときでも地上から見上げた月が……非情なほどに美しいからだ。そのとき、傷口をつつくように笛の音が鳴り響いた。天を仰げば、月を背に夜叉《やしゃ》が宙に浮いている。

「姉上を……よくも！」

力なく沈黙していた海祢中将が怒声をあげた。

（あなたは……一体何者なの？　どうして、私の大切なものを壊していくの？）

心に荒々しく吹き荒れ始めた怒りで、途切れそうだった意識が鮮明になっていく。

ゆっくりと立ち上がりながら、頭には爽《さわ》やかな風が吹く竹林、共に読書をした誰かの影、靡く白い薄絹の羽衣——断片的で支離滅裂な光景が凄《すさ》まじい速さで浮かんでいた。

「もう、奪わないで……私から、大切なもの……奪わないで！」

今まで感じたことのないほどの強さで、鼓動がドクンと脈打つ。身体の奥が煮えたぎったように熱くなり、全身に勢いよく血が駆け巡っていた。

浮き上がった髪が目を焼くほど金色に輝く。かぐやの右手に集まる光の粒が天月弓となって具現化する様を、海祢中将は息を呑《の》みながら眺めていた。

「なにをする気だ！　まさか、また力を使う気か……！」

焦ったような隆勝の声も聞こえていたが、構わず弓を構える。

「許さない……大切な友を……仲間を……！」

矢継ぎ早に矢を放ち、隊員たちに憑いた妖影《かげ》を払っていく。そのたびに『グギャアアアアアアッ』と妖影の悲鳴がこだました。

「あなたたちはいつもいつも、過ちを繰り返して……！」

自分でも、なにを口走っているのかがわからない。

天を穿《うが》つように射た矢が空中で四方に弾け、隊員たちに雨のごとく降り注ぐ。妖影が一斉に断末魔の叫びをあげた。

抑えがきかない自分が恐ろしくてたまらないのに、底なしに込み上げる怒りに身を任せて弓を射てしまう。

妖影から解放された隊員たちが次々と倒れていく。

「やめろ！　かぐや姫、身が持たなくなるぞ！」

隆勝がかぐやに駆け寄ろうとするも、夜叉めがけて射られた矢の風圧に吹き飛ばされてしまう。

「くっ……」

とっさに後ろ足を踏ん張った隆勝は、地面に手をついて転倒を免れた。

近くにいた海祢中将も、淡海を抱きしめながら矢の行方を目で追う。

矢を横笛で受け止めた夜叉は、ぐうっと力を入れて横に弾いた。軌道を逸《そ》らされた矢が地面に突き刺さり、激しい砂埃《すなぼこり》が舞う。

しかし夜叉は無傷とはいかなかったのか、腕から血を流しながら、すうっと森の奥へと下がっていった。

「逃が……さない」

「かぐや姫っ、それ以上力を使うな！」

よろよろと夜叉を追おうとすると、そばに駆け寄ってきた隆勝が手を伸ばしてくる。

「止めないでください！」

とっさに弓を持ったまま彼の手を振り払うと、バチッと大きな音が鳴った。

「っ……」

抑えられなかった力に、隆勝の身体は強く弾かれる。

後ろによろけた隆勝は切れて血が出た頰を手の甲で拭《ぬぐ》っており、かぐやは青ざめた。

「あっ……わた、私……なんてことを……違っ……傷つけたかったわけでは……っ」

後ずさると、隆勝が焦ったように近づいてくる。伸ばされた手がかぐやに触れる寸前で、ぴたりと動きを止めた。隆勝は顔を顰《しか》め、すっと腕を下ろすと、かぐやから目を逸らす。

（ああ、隆勝様も……私を化け物だと思ったのね）

かぐやは自嘲《じちょう》的に笑う。守るための力だったのに傷つけたのだから、自業自得だ。今の自分は妖影と、どこが違うというのだろう。

「今戦える人は少ない……です。化け物同士なら……勝機があるかも……対抗できる可能性があるのなら、私……やります。それが私の……存在意義ですから」

だからどうか、許されますように。

かぐやは悲しみを押し殺してなんとか口角を上げ、振り切るようにして森の奥へと歩き出す。

「待て、そうではない！」

背中にかかる隆勝の声で足を止めたかぐやは、前を向いたまま「いいのです！」と駄々をこねる童のように言う。

「もうなにも、失いたくないですから……」

夜叉のあとを追いかけるべく駆け出す。

「かぐや姫！」

隆勝が必死に呼び止めてくるが、振り返らなかった。

『同胞殺シノカグヤ姫』

『何処ニモ帰レナイ可哀想ナカグヤ姫』

木々の隙間から、妖影の金眼が嘲《あざわら》笑うかのように光っているのが見える。

「うるさい！」

勢いよく足を止めたかぐやは、天月弓で容赦なく妖影たちを射貫《いぬ》いた。

妖影たちの叫び声が夜の森にこだまする。

「はあっ……はあっ……はあっ……」

肩で息をする。かぐやは頭がくらくらする中、再び歩き出した。

「どこにも、帰れない……」

土を踏みしめる自分の足音だけが辺りに響いている。

「それでも……私のやるべきことは……変わらない。皆さんのためなら、いくらでもこの身を差し出せる。喰《く》らいたいなら、喰らえばいい！」

声を張り上げ、かぐやが弓を強く握りしめたときだった。後ろから伸びてきた腕に抱き寄せられる。

「勝手に決めるな！」

心臓が大きく跳ねた。天月弓が弾《はじ》け消え、背中越しに感じる体温に激しく動揺する。

振り返らずともわかる、この声は彼のものだ。

「隆勝、様……どう、して……」

「どうしてだと？　自分の妻が死地に赴こうとしているというのに、黙って見送れるような男に俺は見えるのか？」

隆勝は静かな怒りを露《あら》わにしながら、かぐやの身体に回した腕に力をこめる。

「なぜ、俺に相談しない。なぜ、ひとりで決めてしまう。なぜ、簡単に自分を蔑《ないがし》ろにする！」

その訴えのあまりの悲痛さに、一緒に泣きたくなってしまった。

「私はっ……あなたのことを傷つけてしまいました……！　ですから、そんなふうに心配してもらえる立場にないのです……っ」

せっかく隆勝が生まれは変えられなくとも、生き方は変えられると言ってくれたのに。

力を善行のために使い、人を救ったならば心ある人間になれると教えてくれたのに。

「私は……きっとこれからも、この力で誰かを……。いつか、ふとしたきっかけで化け物になってしまう……。ですから、私のためにそこまでしてくれなくていいんで……」

言い切る前に顎《あご》を摑《つか》まれ、強引に振り向かされる。そのまま顔を上げさせられると、言葉を封じるように唇を塞《ふさ》がれた。

「……!?」

胸にあった痛みが吹き飛ぶ。息苦しさでなにも考えられなくなっていると、隆勝がそっと離れ、至近距離で見つめてきた。

「——愛している」

「……え？　今、なんて……」

「俺はお前を愛している。俺にとって大事な存在だ。いなくならないでくれ」

唐突に告げられた想いに耳を疑った。先ほどかぐやに傷つけられて、触れるのを躊躇《ためら》ったはずなのに、今はかぐやを抱きしめて、そのうえ愛していると言うのだ。

「あのとき……私を化け物だと軽蔑《けいべつ》したのではなかったのですか？」

「違う。勘違いさせるような真似をして悪かった。俺がお前に触れなかったのは、化け物だと思ったからではない。俺自身がお前を穢《けが》してしまうのではないかと恐れたからだ」

「穢す……？」

隆勝は「ああ」と苦しげに言い、片腕でかぐやを抱いたまま、返り血に染まった右手に視線を落とす。

「俺は黒鳶に入ったばかりの頃、大規模な妖影《かげ》討伐の任に駆り出された。日蝕大禍だ。そのときの俺の上官が凜少将の父でな」

凜少将の話では、下役を使い捨ての道具のように妖影の下に送り込んだ人物だと聞いている。凜少将の父なので悪く言いたくはないが、そんな人の下で戦わなければならなかった隆勝も危険な目に遭ったのではないだろうか。

「凜少将から軽く聞いているとは思うが、凜少将の父は地位で選ばれただけの黒鳶大将だ。太刀をまともに握ったこともなければ、戦は下役に投げ、己は高みの見物。挙句、自分の身に危険が迫ると、下役を容赦なく盾にした」

当時のことを思い出しているのか、握り締めている隆勝の手は震えていた。

「無能の指揮官が指揮系統を牛耳る被害は相当なものでな。俺は指揮系統を奪い、妖影を退けるため――、大将を殺した」

かぐやは愕然《がくぜん》として息を吞《の》む。心臓はばくばくと脈打ち、全身に汗が滲《にじ》んだ。

「ゆえに俺は日蝕大禍の『英雄』と称賛される裏で、上官殺しの『鬼大将』と畏怖《いふ》されている」

前に隊員たちが隆勝の前で凜少将の父の話をするのは御法度だと言っていたが、その意味がようやくわかった。隆勝が凜少将の父を討ったからなのだ。

「大将の葬儀で、幼い凜から『この人殺し』となじられたとき、俺は一生忘れてはならないと思った。目的のため、妖影憑《つ》きでもないただの人間を斬った罪人であることを」

「隆勝様……」

「ゆえにこの血だらけの手で、重い罪を背負った自分がお前に触れていいものかと、ずっと悩んでいた」

触れることを恐れているのに、彼は離れないでくれと懇願するようにきつく抱きしめてくる。

「私たち……お互いに勘違いをしていたのですね」

「お互いに？」

不思議そうに聞き返す隆勝の右手に、恐る恐る自分の手を添えた。嫌がられてしまわないかと不安ではあったが、彼は微《かす》かに震えただけで振り払うことはしなかった。

「私はあなたに化け物だと思われてしまったと、そう勘違いしていました。そして隆勝様も、その手で触れたら私が穢れると……勘違いしています」

「俺のほうは勘違いではない。こうして腕に閉じ込めておきながら、今も手放すのがお前のためだと思っている。触れたところから、血の臭いが移ってしまいそうで……」

「怖がらないでください、隆勝様」

彼の手をしっかりと握り締めた。触れ合ったところから彼の震えがまた伝わってくる。

(私と同じなんだ)

この人も自分が嫌いで、けれど一度知ってしまったぬくもりは手放せない。

隆勝は自分以外の体温に安心したのか、ほうっと息をついていた。

「今はお前を穢してしまうことよりも、お前を失うことのほうが恐ろしい」

指を絡めるように、隆勝はかぐやの手を握る。

「この手を離せば、お前は自己犠牲に走るのだろう。そばにいても、いなくても傷つくのなら、俺のそばで傷ついてくれ。いつか俺に、嫌気が差すまで」

隆勝には、帝《みかど》の目指す太平の世を実現するため、やるべきことがある。その道を遮りたくない、いつか離れる時が来ても受け入れなければと思っていた。

けれど、本心ではなかった。期待して望んだ結果にならなかったとき、絶望したくないから、ずっと欲しかったものに手を伸ばせなかっただけなのだ。

かぐやも隆勝も、相手のためだという建前を取り除けば、望んでいるものはひとつだ。

「はい、隆勝様」

勇気を出して、今度こそ欲しいものに手を伸ばす。そう心に決めたかぐやは隆勝のほうに身体ごと向き直ると、その背に腕を回す。

「私のことが嫌になるそのときまでで構いません。そばに……いてくださいますか？」

「お前が嫌になることなどない」

「先ほどのように、私があなたを傷つけてしまっても……？」

少しだけ身体を離し、その胸に手をついて隆勝を見上げる。

隆勝の顔は真剣そのもので、心を摑まれるのは一瞬だった。

「ああ。お前にどれほど傷つけられようと、離れない」

離さない、とはお互いに言えないけれど、それでいい。今のかぐやたちには、無理のないちょうどいい距離だ。

「お慕いしております、隆勝様」

隆勝への想いが自然と口をついた。

しばし、かぐやに見入っていた隆勝はじわりと目元に赤を差す。

「ああ、俺もだ。お前を好いている……かぐや」

初めて呼び捨てにされた名は特別な響きをしていた。まるで自分自身も彼の特別になれたようで、愛を求めていた心が満たされていくのを感じる。

互いに名残を惜しむように抱擁を解くと、同時に夜叉《やしゃ》がいるだろう森の奥を見据えた。

「無謀は許さん。だが、俺がいるときは多少の無茶は許す。かぐや、共に退けるぞ」

「はい！」

隆勝に手を引かれ、先へ進むと開けた場所に出た。その中央で、月明かりに照らされた夜叉が佇《たたず》んでいる。

自然と繋《つな》いでいた手をほどき、かぐやは右手に天月弓を具現化した。同時に隆勝も腰に差している太刀の柄頭《つかがしら》に手をかけ、夜叉を視線で鋭く射貫《いぬ》く。

「俺たちを待っていたのか」

隆勝は夜叉への警戒を解かずに、かぐやに話しかける。

「直接手合わせしてわかったのだが、あの妖影は他の妖影とは比べ物にならないほど強い。俺では傷をつけるまでに至らなかったが、お前の矢は届いていた」

妖影と人間では、そもそも身体能力が違う。黒鳶の隊員たちが強いせいで、今まではその違いをあまり感じていなかったが、夜叉が相手となるとその差が見える。

「ですが、隆勝様は夜叉に遅れをとっていませんでした。妖影憑きとなった隊員たちとの戦闘で疲弊していなければ、その太刀は届いていたはずです」

他の隊員なら万全の状態であっても、厳しい戦いになっただろう。

「こちらの都合など構わずに現われるのが妖影だからな。苦境に立たされたときこそ力を発揮できなければならん」

隆勝はそう告げ、かぐやを横目で見た。

「こたびも全力で隙を作るゆえ、お前が夜叉を仕留めろ」

隆勝は自分を信じて夜叉を任せてくれたのだ。

「わかりました！」

必ず隆勝と生き残る。そう決心したかぐやは天月弓を大きく引き絞り、つがえた矢の先を夜叉に向けた。

冷めたようにかぐやたちの会話を聞いていた夜叉は、笛を握り潰《つぶ》す。飛び散った破片は時を遡《さかのぼ》るかのごとく夜叉の右手に集まり、身長を超える大槍《おおやり》へと変わった。

妖影の姿と同じ黒い影の形状で、長い穂の側面に三日月の鎌がついたその大槍に、かぐやはなぜか既視感を覚える。

(あの槍、どこかで……)

瞬きをする短い間、その大槍が雷光のように鋭く光ったように見えた。記憶の奥底から、またあの声がする。

『卑しき者に心を寄せるなど、愚かな』

どこで見聞きしたのだったか。そこで雷鳴轟《とどろ》く雨の晩に、かぐやを襲った幻の中でだと思い出す。

――ガキンッ！　思考の海に沈んでいたとき、大槍と太刀がぶつかる甲高い音がかぐやの意識を引き戻した。

夜叉は大槍を回転させ、隆勝を貫かんと一気に突きをくらわせる。それを隆勝は太刀で受け流し、相手の隙を窺《うかが》っていた。

「何人《なんぴと》たりとも、我が妻には触れさせせん！」

薙《な》ぎ払い、突き破らんと、まさに鬼神のごとく夜叉に猛攻をかける隆勝。

彼の姿に発奮し、かぐやも力を高められるだけ高めた。

「うう っ……」

拍動するように明滅する黄金の光が目を焼かんばかりになる。

(身体が、ばらばらになってしまいそう……！)

己が放つ光に自分の輪郭が掻《か》き消されてしまうのではないか。そんな不安が胸を掻く。

散り散りになってしまいそうなほどの痛みが全身を襲い、かぐやがよろけると——。

とん、と背中が温《ぬく》もりに受け止められた。振り返れば、隆勝がかぐやを後ろから支えている。かぐやの異変に気づいて、来てくれたのだろう。

「——大丈夫だ」

ほどけそうになるかぐやの存在を隆勝の力強い腕がかろうじて繋ぎ止めてくれている。

自分が嫌になって消えてしまいそうになっても、隆勝がいれば何度でも自分はここにいてもいいのだと安心できるのだろう。

かぐやは隆勝に笑みを返し、強い気持ちで夜叉に対峙《たいじ》した。

「あなたが何者で、なぜ私を狙うのかは知りませんが……」

すうっと息を吸い、一気に吐き出す。

「どんな理由が、どんな罪が私にあったにせよ、私の大切な人たちを奪うことは許せません！」

かぐやの気持ちに呼応するように、天月弓が眩《まばゆ》い光を放った。

「いたい場所も、そばにいたい人も、誰を助けるかも、私が決めます！　他の誰にも、私を縛ることはできない！」

淡海も言っていた。誰のために命を懸けるのか、自分の生き方は誰にも縛ることはできないのだと。

「いいえ、縛らせません！」

その答えを聞いた隆勝は、満足そうにふっと笑った。

夜叉は対抗するように槍を巨大化させ、大きく振りかぶり、こちらに切っ先を向ける。

反射的に怯《ひる》みそうになったとき、隆勝が耳元で低く囁《ささや》いた。

「恐れるな」

隆勝はかぐやの手に自分の手を重ね、一緒に弓を引き絞る。力に押し負けそうになる身体を支えられ、ぶれていた重心が安定した。

「はい……」

彼の落ち着いた声音が、かぐやの心を静める。力の波動で起こった凄《すさ》まじい風音が、すーっと遠ざかる。感覚が研ぎ澄まされ、『ここだ！』と確信を得た。

「消えなさい！　私たちの前から！」

一気に解き放った矢が、夜叉の大槍とぶつかり合う。ふたつの力は拮抗《きっこう》し、木の枝がしなるほどの暴風が吹き荒れた。夜叉の力を打ち破るために出た隆勝とかぐやの声が重なり、大きくなるに合わせて、槍は矢の光に呑《の》まれていく。

『コノ身体ノママデハ、コレガ限界カ——』

そんな一声を残し、夜叉の身体も金色の中に掻き消えた。

「はあっ、はあっ、はあっ……」

弓矢が弾《はじ》けるように光の粒に変わり、空気に溶けていく。

力尽きて「あっ……」と倒れかけたかぐやを隆勝が抱き留めた。

「かぐや、よくやったな」

「ふふ、隆勝様にそう言われると……もっと頑張りたく……なってしまいます」

それを聞いた隆勝は苦笑いしていた。

「だが、これ以上の無茶は許可できない。自分の安売りはするな。もっと自分を労《いた》われ、俺のためにも」

「隆勝様……はい、労わります」

かぐやは素直に頷《うなず》く。

「夜叉が灰になったところは確認できなかったな。退けられたと思うか？」

「……いえ、夜叉は生きていると思います」

迷いなく言い切るかぐやに、隆勝は少し面食らった表情をしている。

「あ、その……夜叉が消える間際に言ったのです。この身体のままでは、これが限界かと」

隆勝は眉《まゆ》を顰《ひそ》める。

「つまり、妖影《かげ》以外の肉体も持っている……ということか？」

「わかりません。ですが、これで終わりだとは、どうしても思えなくて……」

その声から不安を感じ取ったのか、隆勝はかぐやの腰を片腕でぐっと引き寄せた。

「今、危機が去ったことには変わりない。これからのことは皆で考えればいい」

隆勝に頬を撫《な》でられ、心地よさに目を閉じる。

「もう限界だろう、休め」

隆勝に抱き上げられたかぐやは、温かい腕の中でうつらうつらとする。

確かに、心も身体もくたくただった。考えなければならないこと、忘れられそうにない別れ……。かぐやを現実に引き戻そうとするものは、たくさんあるけれど――。

今は揺れる振動だけを感じて、かぐやは微睡《まどろみ》に甘えた。


淡海を見送る日の空には、真昼の眩い雲の海が広がっていた。

彼女の死から幾日か過ぎた頃、葬儀は紫羽殿でしめやかに執り行われ、参列者は黒衣を着て葬列を組み、裏門から出る棺《ひつぎ》のあとに続く。

人里離れた野原に着くと、参列者の手によって金鵄《きんし》が描かれた棺の周りに彼女を体現するような藤の花が添えられた。やがて彼女を送り出す火がつけられ、僧侶《そうりょ》の経が上げられる中、かぐやは隆勝と並んで天に昇る煙を仰いだ。

海祢中将は笹野江の者たちと葬儀に出席している。かぐやたちの後ろには黒鳶の隊員たちがおり、凛少将は怒りを堪《こら》えるように小声で切り出した。

「海祢中将は悔しいでしょうね」

その一言で辺りに重苦しい空気が淀《よど》み始める。

あの日、かぐやたちとは別行動を取り、産唐神社の外で御息所の捜索の指揮を執っていた凛少将は、夜叉《やしゃ》とかぐやの力が衝突した折の眩い光が産唐神社の方角から見え、慌てて現場に駆けつけたそうだ。その頃には夜叉は退けられたあとで、かぐやも意識を失っていたので、隆勝が事の顚末《てんまつ》を凛少将に話したらしい。

『もっと早く駆けつけることができれば……っ』

そう悔やんでいたと、あとから隆勝から聞いた。

「こたびの事件は、恐らく御息所を……」

凛少将は最後まで口にするのは躊躇《ためら》われたのか、言葉を濁した。

だが、隆勝は前を見据えたまま「ああ」と、あっさり肯定する。

「消すために起こった事件だと思っている」

わかっていたとはいえ、かぐやと隊員の間には緊張が走った。

「……御息所がいた産唐神社には、夜叉が待ち伏せするようにいたそうですね。人と妖影が手を組むなんて信じられませんが、夜叉と鵜胡柴親王にはやはり、関わりがあるのでしょうか……」

淡海の失踪《しっそう》がわかったとき、可能性としては挙がっていたが、夜叉が実際に現れたことで、いよいよ現実味を帯びてきたのだ。

「海祢の見解通りなら、女たちは食糧の備蓄として捕らえられていたのだろう。夜叉の利点としてはそれと……」

隆勝の視線がかぐやに移る。

「かぐやの身近な人間を傷つけるためだろうと考えている。理由は定かではないがな」

「……っ」

自責の念に心を裂かれそうだ。そうなるだろうことを予測していたかのように、隆勝の手がかぐやの頭に乗せられる。

「お前のせいではない。夜叉はお前を孤立させたいのかもしれんが、言っただろう。皆、これしきのことでお前から離れようと思うほど軟弱ではないと」

隆勝につられるようにして後ろに目をやる。

凛少将は当然とばかりの顔をしており、隊員たちは頷いてくれる。

——ああ、簡単に揺らぐことのない絆《きずな》を彼らと築けたのだ。自分を責めることはやめられないけれど、その実感こそがかぐやにここにいていいのだと思わせてくれる。

「鵜胡柴親王は自分に釣り合わない妻を消すために、夜叉はかぐやを傷つけ、ついでに食糧を確保するために、互いに御息所を害する動機があった。利害が一致して事に及んだというのが見立てだが、証拠がない」

歯がゆさが隆勝の表情にも表われており、凛少将はため息をこぼしながら下を向いた。

「現状、僕たちにできることは監視になりそうですね。鵜胡柴親王と夜叉が接触するところを押さえられればいいんですが……」

なんとなく会話が途切れ、皆で火葬の様子を眺める。

これから一緒に幸せを探していくのだと思っていた。甘味処で互いの近況を報告し合いながら、励まし合って……そんな光景が日常になるのだと。

重ねた手の温かさは鮮明に思い出せるのに、なぜここに彼女はいないのか。なぜこんなにも、あっけなく人は死んでしまうのか。

治って消えてしまったが、痣《あざ》があった手首に視線を落としていると、隆勝はそこにそっと手を重ねてくる。隣を見上げるも、隆勝は言葉なく火葬を見守っていた。

寄り添ってくれているのだとわかり、かぐやが再び前を向くと自然に手が繋《つな》がれる。

しばらくして、火葬が終わるまでの間、参列者はその場に待機することになった。

「内心複雑だとは思うが、立場上、鵜胡柴親王に挨拶《あいさつ》に行かなくてはならない」

腹違いではあるものの、親王は隆勝の兄にあたる。形だけとはいえ、妻であるかぐやも挨拶には同行しなければならないだろう。

「わかりました」

こくりと頷けば、隆勝はかぐやの手を引いて歩き出す。

もうすっかり、隆勝に触れられても怖くなっている。それどころか、先日抱きしめられたときも安堵《あんど》を覚えていた。

「ああ、無能な黒鳶の大将ではないか」

かぐやが繋いだ手を感慨深く眺めていると、嘲《あざけ》り笑う声がして顔を上げる。

待ち構えていた親王の前で足を止めたかぐやたちは、軽く頭を下げた。

「鵜胡柴親王、このたびは思いもかけないことで誠に残念でなりません。心よりお悔やみ申し上げます」

隆勝の挨拶を聞きながらお辞儀をしていたかぐやは、親王の隣にいる女性《にょしょう》を盗み見る。

新しい正妻とばかりに、そばに侍《はべ》らせているのは妾《めかけ》だろう。正妻の葬儀に連れてくるのがどれほど非常識かくらい、田舎者のかぐやにもわかる。

「黒鳶は親王妃すら守れない無能共の集団だ。ゆえに主上がついに、赤鳶の結成を許可なさったぞ」

参列者はほとんどが貴族や大臣、そして高官だ。声高らかに宣言したのは、彼らに聞かせるためだろう。親王の思惑通り、参列者はひそひそ話を始める。

「親王が妖影狩りに立ち上がるそうだ」

「黒鳶だけでは手が足りていないのでしょう」

「妖影を討ってくれるのなら、こちらとしては大歓迎だな」

夜叉との繋がりがあるかもしれない親王が妖影狩り集団を作る。赤鳶は本当に人を救うための集団になるのだろうか……?

これを不穏な動きと捉《とら》えているのは、恐らく帝《みかど》や黒鳶くらいだろう。

隆勝に合わせてかぐやが身体を起こすと、鵜胡柴親王と目が合った。

隆勝を侮辱する相手であっても、淡海を傷つけ、あろうことかその命を奪ったかもしれない相手であっても、今はなにもできない。

隆勝に迷惑がかからないように挨拶はしなければと、不本意ながら再び頭を下げた。

「この度は……ご愁傷様で……ございます。奥様のご冥福《めいふく》を……」

言葉が軽く滑っているようだった。真実も明らかにできず、目の前の人間が犯人かもしれないというのに、祈れるはずがない。

言葉に詰まっていると、親王はうっとりしたように答える。

「かぐや姫、気にするな」

顔を上げれば、親王は妻が亡くなったというのに生々しい欲望を隠しもせずにかぐやを見ている。嫌悪感が胃からせり上がってきて、かぐやは親王から視線を逸《そ》らした。

「あの女は先帝に押しつけられたようなものだ。しかも歳をとって、くたびれてきていた」

世間話でもするかのように、平然と親王の口から出た言葉を、かぐやは一瞬理解できなかった。

かぐやの考えが追い付かないうちに、親王はなんてことのないように続ける。

「とっくに用なしだったのだ。死んでくれてせいせいしている」

自分に対して言われたわけではないのに、胸を貫かれたように息ができない。

親王の発言には、さすがの隆勝も憎悪に目を光らせる。

「鵜胡柴親王、御息所が亡くなったばかりなのですから、そういった発言はひんしゅくを買いますよ」

親王は鼻で笑う。

「余計な世話だ。この私の怒りを買いたい者などいないだろう」

ふたりの声が右から左へと耳を通り抜けていく。先ほどの親王の言葉が頭から離れなかった。

（死んでくれて、せいせいしているなんて……）

どうしてなんの躊躇《ちゅうちょ》もなく、そんな残酷な言葉を発することができるのか。

怒り、悲しみ、苦しみ、すべてがごちゃ混ぜになって胸を圧迫していた。

「あの女、中流貴族の劣った血しか持たないのであれば、せめて瑞乃《みずの》のように可愛げがあればよかったものを」

瑞乃というのは、親王の隣にいる妾のことだろう。

「まあ、そのような身に余る賛辞、御息所に申し訳ないですわ」

謙遜《けんそん》しているように振舞ってはいるが、瑞乃は褒められて気分よさそうにほくそ笑んでいる。

「だが、かぐや姫を前にすると霞《かす》むな。このように神々しい美しさを見せつけられてしまうと、欲しくてたまらなくなる」

妾が「そんなっ」と血相を変えてすぐ、かぐやを恨みがましそうに睨《にら》んだ。

隆勝は眉間《みけん》にしわを寄せ、ふたりの視線から守るようにかぐやを背に隠す。

そんなに血筋が大事なのだろうか。誰もがそうというわけではないだろうが、親王を見ていると、ここまで人を歪《ゆが》ませる欲が恐ろしくなる。

『人間は欲深い、この世は汚物の掃き溜めのようだ』

ふと零月の言葉を思い出し、確かにと軽蔑《けいべつ》せずにいられない自分も恐ろしかった。

「美しい……ですか。これを見ても、そう言えますか？」

かぐやは隆勝の後ろから出て、鵜胡柴親王の前まで行くと、彼に背を向けた。自分の衿ぐりをぐっと開いて背を晒《さら》す。

「……！」

着物をはだけさせるかぐやに、隆勝は目を見張った。

かぐやの身体にある瘢痕《はんこん》化した鞭打《むちう》ちの傷に場が騒然とする。だがかぐやは胸元を腕で隠しながら親王を振り向き、凛然《りんぜん》とした態度を崩さないよう気を強く持つ。

「これは鞭の痕《あと》です」

かぐやは肩の傷を指でなぞり、つけられた痛みの記憶を語った。

「醜いでしょう？　でも、あなたはこれと同じものを淡海さんにもおつけになった」

「っ、言いがかりもいいところだな。私はそんな品のない真似はせん！」

しらばっくれようとする鵜胡柴親王に、かぐやは静かに続ける。

「つけられた傷のひとつひとつに、痛みと惨めさが深く残って……消えないのです。あなたは淡海さんに、とても惨《むご》い烙印《らくいん》を押した」

話しながら、声が湿っぽく震えた。葬儀の場であるのも相まってか、哀悼の空気が余計に涙を誘う。

「ですから、忘れないでほしいのです。その罪を」

かぐやが泣きながら訴える様を傍観していた参列者たちは、淡海が受けていた仕打ちを知っているからだろう。曲がりなりにも相手は親王、立場があるので言葉では責めないものの軽蔑の目を向け始めた。

周囲の反応に、親王は頬をひくつかせる。

「そなたのようなか弱い姫には、黒鳶は荷が重いのではないか？　まるで女の身で無駄に学を修めた〝あの女〟の真似事のようで、不憫《ふびん》だ」

〝あの女〟が淡海を指しているのだとすぐにわかり、不愉快でならない。そうやって、かぐやの気分を害するのが親王の目的なのだ。

「所詮《しょせん》、女は女。どんなに努力しようと、男に劣る存在であるのは変わらんというのに。私のところへ来れば、夫に媚《こ》びへつらい男を立てる、正しい女の教育を施してやるが？」

口調こそ優美であるが、苛立《いらだ》ちが隠しきれないのだろう。不安定な抑揚でかぐやを侮辱する様は、どこか言い負かしたくて必死なようにも見え、不思議とそこまで傷つくことはなかった。

「失礼ながら、妻は華奢《きやしや》な姫ではありますが、妖影《かげ》相手に弓を射る立派な武人でもあります。妖影憑《つ》きになった人間を救える唯一の姫巫女《ひめみこ》です」

かぐやの隣に並んだ隆勝は相手の抗弁を許さぬ圧を放ち、親王に対峙《たいじ》した。これには親王も微《かす》かに表情を引きつらせ、周囲の人間も固唾《かたず》を呑《の》んで見守っている。

「鵜胡柴親王は妖影と近づく機会も多いでしょう」

「なに？」

親王は眉《まゆ》をぴくりと動かした。組んだ腕を人差し指でしきりにとんとん叩《たた》き、落ち着かない様子だ。

「こたびの一件のように、妖影は人間の欲や孤独につけ込み、私たちを乗っ取る隙を狙っている。うまく使っているようでいて、逆に利用されていることもあるでしょう」

「……まるで私が、妖影と繋《つな》がっているような言い草だな」

「私はただ、赤鳶として妖影と対峙する機会が増えるのであれば、知恵のある獣ですから、気をつけてほしいという意味で進言したのですが……別の意味にとれましたか？」

罪を炙《あぶ》り出すかのごとく、隆勝は視線で親王を容赦なく貫く。

張られた弦のように緊迫した空気、なにかの弾みで切れてしまいそうな危うさの中で、皆は息を潜めて静観するしかない状況だった。

「貴様は昔から従順のようでいて、腹の底では私の喉元《のどもと》を噛《か》み切る機を窺《うかが》っているな」

親王の顔から笑みが消え、ただ冷淡に隆勝を見返す。

対する隆勝も、鋼鉄のように動じなかった。

「なんのことでしょうか。万が一に妖影憑きになったときの生命線であるかぐやとは、いい関係を築いておくのが吉ですよと、助言をしたかっただけなのですが」

ふたりは無言で睨み合い、やがて親王のほうが先に瑞乃の肩を抱いて踵《きびす》を返した。

「私からも忠告しておこう」

ふと、こちらを振り返った親王が冷笑する。

「姫巫女という黒鳶唯一の光が、万の黒き影に呑み込まれてしまわぬよう気をつけよ」

不穏な言葉を残し、去っていく親王を見送りながら隆勝が呟《つぶや》く。

「万の黒き影……相当の妖影を手駒にしていると、暗に示しているのか？」

隆勝はかぐやを庇《かば》いつつ、親王と夜叉《やしゃ》の関係を探ろうとしたのだろう。やはりすごい人だなと思いつつ、その横顔を眺めていると、隆勝がこちらを向いた。

「お前は存外、無茶をする」

着物の袖《そで》でかぐやを隠し、はだけた衿《えり》を整えるよう視線を送ってくる。

呆《あき》れただろうか。衿元を直しながら隆勝の様子を窺えば、大きな手がかぐやの髪をくしゃりと撫《な》でた。

「わっ、えっ？」

「よく立ち向かった」

「隆勝様……ありがとうございます」

褒められるのはくすぐったくて、頬が緩んでしまう。

「忘れるな、お前の傷は美しい。お前が耐え戦った証《あかし》だからな。自分を誇ってやれ」

翁《おきな》たちの私利私欲を満たすためだけの存在になりたくない。無意識のうちにそう思って、死に逃げずに耐えてきた証がこの醜くて、そして誇らしい傷なのだ。

「はい、忘れません。隆勝様と淡海さんが勲章にしてくださったから」

隆勝は眩《まぶ》しそうに目を細め、「そうか」と柔らかな声音で言い、かぐやを抱き寄せた。

「かぐや姫！」

声が聞こえたほうに目をやれば、海祢中将が走ってくる。先ほどの騒ぎを見ていたのか、拳《こぶし》を握り締めながら悔しそうに唇を嚙み、かぐやの前に立った。

「俺の立場では、どんなにあの男をなじりたくとも、拳を振るいたくとも、できません」

淡海の死後、彼とは任務で顔を合わせてはいた。皆、淡海のことをあえて口にはせず、笑みを浮かべつつも無理をしている海祢中将を案じていた。

けれど、葬儀ではそうもいかない。心の準備ができていなくとも、淡海の死を悼まなければならないのだ。そこへ追い打ちをかけるように、親王が心無い言葉を放った。それを聞き、海祢中将はどれほど辛《つら》かったことか。

「俺が私情で動けば、笹野江の一族に迷惑がかかってしまう。それを姉上もよしとしないだろうと思っていました。っ、けれど……」

海祢中将は今にも泣きそうな面持ちで、自嘲《じちよう》的な笑みをこぼした。

「保守的になりすぎたせいで、嫁いでからずっと虐げられてきた姉上を長く苦しめてしまった。挙句、救えなかった。俺の守り方は本当にっ、的外れで不甲斐《ふがい》ないですね……」

震える声で紡がれた言葉が、何度も海祢中将自身を殴っている。けれど、こうして自分を痛めつけてしまいたくなる気持ちは、よくわかる。

かぐやは胸に手を当て、彼女に守られた命の鼓動を感じた。

「私も……淡海さんは私を守ったせいで……と、今でもふとした瞬間に自分を責めたくなります」

「かぐや姫……」

守れなかったと、罪の意識に押し潰《つぶ》されそうなのは、海祢中将も同じなのだろう。かかぐやを呼んだ声は同情的な響きをしていた。

「ですが、淡海さんは友人を守れた自分を誇りに思っているのに、守られたことを罪として背負ってしまわないでと……言っていました。ですから、淡海さんの想いを罪悪感で穢《けが》すことだけは……したくありません。お友達との……約束ですから」

「……っ、あなたは強いですね。でも俺は……駄目なんです。どうしても考えてしまう。俺は姉を救えていたのだろうかと……」

片手で顔を覆い、海祢中将はその場に両膝《りょうひざ》をつく。

救えていたのか、その問いの答えはかぐやにはわからないけれど……。

「淡海さんは現実の世界に絶望し、初めはあのまま異界にいたほうが幸せだと、本気で思っていましたよね」

頼りなさげに揺れる海祢中将の瞳《ひとみ》を見つめながら、異界で淡海が話していたことを思い出させるように語り聞かせる。

「ですが、海祢中将のところへ帰りたいとおっしゃいました。海祢中将がいなければ、あの場所が与えてくれる偽りの幸福の中で、妖影の食事になり、死にゆく人生を選んでいたでしょう」

でも、かぐやも淡海も、あの場所に囚われていた女性たちも、踏みにじられながらここまで生きてきたのだ。幸せになることを諦めきれなくて、必死に。

「もしかしたら、異界にいればもう少し長く生きられたのかもしれません。ですが、短くとも自由を取り戻し、愛する者の腕の中で死ねたことと、どちらが幸せなのでしょう」

これはかぐやの考えであって、淡海の想いは想像することしかできないけれど——。

「少なくとも私は、ひとりぼっちで死に絶えるより、後者のほうがずっと幸福だと思います。最期に後悔していないと言った淡海さんも、同じ気持ちなのではないでしょうか」

「姉上も……」

海祢中将は姉が最後に触れた頬に手をやる。伏せられた目は遠くを見つめており、そのときの姉の姿を必死に思い浮かべようとしているようだった。

「海祢中将は、淡海さんの心の支えだったはずです」

縋《すが》るように顔を上げた海祢中将に、かぐやは迷いなく告げる。

「遠く離れていても、直接手を差し伸べることはできなくても、絶対に自分を裏切らず、無条件の愛を与えてくれる存在がいる。それだけで救われていたと思います」

かぐやにとって隆勝や零月がそうであったように、なにかをしてあげることだけが助けるということではないのだ。

「外の世界の恐ろしさを知ってしまうと、鍵《かぎ》が開いていても飛び出すのが怖くて躊躇《ためら》ってしまいます」

納屋、そして格子つきの帳台。鳥籠《とりかご》は新しくなっても、中にいるかぐやは変わらず臆《おく》病《びょう》だった。

「ですから、勇気を振り絞った先に大切な人が待ってくれている。そう思えたとき、淡海さんの心は自由に羽ばたくことができたのではないでしょうか」

傷ついた身体を休める巣があるというのは心強い。かぐやは隠岐野の里を出たばかりの頃、いつ自分が捨てられてしまうのかと恐ろしくてたまらなかった。けれど今は家族と仲間という居場所ができて、帰る場所がわかっているからこそ、外へ出ることが怖くなくなった。

「淡海さんを鳥籠の世界から出したのは、海祢中将です」

淡海と揃いの藤色の瞳から、透明な雫《しずく》がひとつふたつと堰《せき》を切ったようにこぼれた。

「ありがとう……ありがとうございます、かぐや姫……」

海祢中将はかぐやの両手を取り、その甲に額をつけて泣いていた。その姿を目の当たりにしてようやく、かぐやも自責からくるものではなく、ただ淡海だけを想い涙を流すことができた。

「かぐや姫のおかげで、姉上は救われたはずです。本当にありがとうございます。かぐや姫はどうか……どうか、姉上のぶんも幸せになってください」

かぐやもその手を握り返し、託された願いを噛み締めるように「はい……」と答える。

そんなかぐやたちを、隣にいる隆勝や少し離れた場所で待機している黒鳶の仲間たちが優しい眼差《まなざ》しで見守っていた。

終章　想いの答え合わせ

翌日、早朝に目が覚めたかぐやは屋敷の庭を歩いていた。部屋にこもっていても、泣いて一日が終わってしまいそうだったからだ。

今日は黒鳶の任務には出ない。凛少将が姉と友を失くした海祢中将とかぐやを気遣って、休むように言ってくれたのだ。隆勝もかぐやに付き添っているため、今日出仕している上官は凛少将だけになる。負担をかけてしまって申し訳ないが、巡回に出ても心ここに在らずな状態になっていただろう。凛少将の申し出はありがたかった。

目的もなくふらふらしていたら、厩舎《きゅうしゃ》に辿《たど》り着いた。サッ、サッと音がして入口から中を覗《のぞ》くと、隆勝が馬の毛を櫛《くし》で梳《す》いている。

たすき掛けした小袖《こそで》から覗く逞《たくま》しい腕、後頭部でひとつ結びにされた長い黒髪。馬の毛並みを整えている隆勝の真剣な横顔に、思わず鼓動が速まった。

怒濤《どとう》のように日々が過ぎ、彼をじっくり見つめる暇もなかったので、耐性がついていないのだ。彼から想いを告げられたせいか、いっそう隆勝が魅力に溢《あふ》れた男性にしか映らない。

声をかけたいが、そのあと平常心で話せる自信がなく、入口で立ち尽くしていると、隆勝がすぐにかぐやに気がつき、手を止めてこちらを向いた。

「早いな」

「……！」

隆勝の表情はどこか嬉《うれ》しそうにほぐれていて、またも胸が高鳴った。彼と目が合っていることに耐えきれず、慌てて視線を逸《そ》らす。

かぐやの態度をおかしく思ったに違いない。隆勝をそろりと確認すると、少し戸惑ったような顔つきでこちらを見つめていた。

「た、隆勝様も……お早い……ですね。朝から、なにをなさって……いるのですか？」

なにか返事をしなくてはと焦った結果、出たのがこれだった。

隆勝は「ああ」と言い、馬を見上げた。

「毛に絡まったごみを取っている。特にたてがみと尾は、枯葉や砂埃《すなぼこり》で汚れるからな」

「隆勝様自身で……ですか？」

屋敷には馬の世話係がいる。手入れは彼らに任せているのだとばかり思っていたのだが、違ったようだ。

「自分の手足と同じ存在だからな」

隆勝は馬の身体を軽く叩《たた》きながら、ふっと笑う。

（本当に大切にされているのね）

愛情を持って世話をしているのがわかり、胸が和んだ。自然と口元が緩むのを感じていると、隆勝はなにか言いたげにじっと見てくる。

かぐやは面映《おもは》ゆくなり、みるみるうちに俯《うつむ》いた。

隆勝は出会った頃から変わらず、真っ直ぐな瞳を向けてくる。戦いの最中で想いを確かめ合ったはずなのだが、話している間もいつも通り自然体のように見えた。

どぎまぎしているのは自分だけで、隆勝はなんとも思っていないのだろうか。

まさか、あの告白は夢だったのでは？　日頃、白昼夢に悩まされている自分ならあり得る。そんなことを考えて、かぐやが悶々《もんもん》と悩んでいると。

「……遠くないか」

脈絡のない言葉をかけられ、かぐやは「え？」と顔を上げる。すると今度は隆勝が、かぐやから視線を外していた。

「いや……お前も、やってみるか？」

櫛を差し出された。愛馬に触れさせてもらえることに驚きつつも、せっかく誘ってもらったので「はい」と頷《うなず》き、おずおずとそばに行く。

「毛並みに沿って、全身を梳けばいい」

隆勝との距離が近づき、体温が勝手に上がる。どうにも気恥ずかしくて、彼を見られないまま櫛を受け取った。

「わかり……ました」

言われた通りに、たてがみに櫛を入れてみる。初めは恐る恐る、だがそれだと馬はくすぐったそうに身を震わせる。なので少し強めに掻《か》いてみると、大人しくなった。

何度か梳いているうちにコツを摑《つか》んだからか、馬もかぐやに慣れた様子で気持ちよさそうにしていた。その顔を見て、つい「ふふっ」と笑ってしまう。

そのとき、頬に視線を感じた。櫛を持ったまま隣を見上げると、熱っぽい隆勝の瞳《ひとみ》に自分が映り込む。

「……！」

かっと胸が焼けそうになった。目が合った途端、隆勝が背けた顔には羞恥《しゅうち》の色が露《あら》わになっている。

（もしかして……平気そうにしているだけで、隆勝様も私と同じ……？）

それがわかって嬉しいやら恥ずかしいやらで、どうにかなりそうだ。胸の前でぎゅっと、両手で櫛を握り締める。

「う、馬は……速くていい。風を感じられて、頭もすっきりする」

早口で捲《まく》し立てる隆勝に、かぐやもつられて言葉を紡ぐ。

「わ、私は……都に来るときに乗ったのが初めてでしたので……」

会話がぎこちない。互いの顔を見られず、いたたまれない。

「あのときは慌ただしかったので楽しむ余裕がなかったのですが、そんなによいものなのですね」

そう、あのときは自分の行き着く未来が不安で、乗馬を楽しむどころではなかった。機会があれば、また挑戦してみたい。

そんなふうに思っていると、隆勝は急に申し訳なさそうな顔になった。

「その節は、すまなかった」

謝られるようなことをされた覚えがなく、かぐやは首を傾げる。

「女を馬で迎えに行かせるなど、配慮が足りていなかった。海祢たちからも呆《あき》れられてな、菊与納言には今でも小言を言われる」

その様子が簡単に想像できて、かぐやは苦笑いした。

「気になさらないでください」

不思議なのだが、初めて馬に乗った割には恐怖を感じなかったのだ。むしろ牛車《ぎっしゃ》に乗るよりしっくりくるような気さえして、自分でも驚いたほどだ。

「そうはいかない。詫《わ》びと言ってはなんだが……遠乗りにでも行くか？」

「遠乗り、ですか？」

ふいうちのことですぐに反応できずにいると、隆勝が顔を覗き込んできた。

「気が乗らないか？」

少し固い声に、かぐやは首を大きく横に振り、前のめりに答える。

「い、いえ！　そういうわけではないのです。正直、わくわくしています」

かぐやの勢いに隆勝は「ならいいのだが……」と瞠目《どうもく》し、ややあってふっと笑った。

「前は仕事を優先するのが、当然のことだと思っていたのだがな。今は妻と過ごす時間以上に、大事なものなどないのではないかと考えるようになった」

清々《すがすが》しいほど直球で想いを伝えられ、胸がときめく。

「せっかくだ、朝餉《あさげ》は外で食べるか。握り飯でも用意させる」

普段と比べて口数が多い隆勝は、心なしか表情も柔らかい。

（隆勝様も楽しみにしてくださっているんだわ）

温かな空気と優しい乾草《ほしくさ》の匂いに包まれた厩舎に、かぐやの弾んだ声が響く。

「はい！」


「じっとしていろ」

さっそく遠乗りに行くことになり、かぐやと隆勝は門前にいた。

隆勝はかぐやの両脇の下に手を入れると、ひょいっと馬の背に乗せる。涼しい顔で人ひとり持ち上げてしまうなんて、本当に力持ちだ。

隆勝も後ろに飛び乗り、横向きに座るかぐやを片腕で支える。着物越しに彼の体温が伝わってきて、顔に熱が集まるのを感じた。

俯きながらも隆勝に身を任せるかぐやの前に、風呂敷《ふろしき》に包まれた握り飯が差し出される。

「仲睦《むつ》まじいようでなによりです」

風呂敷包みを受け取ると、菊与納言の微笑ましそうな目に眺められ、どうにもむず痒《がゆ》い。

「からかうな」

ため息まじりに注意する隆勝に、菊与納言は口元を着物の袖《そで》で隠しながら笑んだ。

「うふふ、照れずともよいではありませんか。かぐや姫は奥方なのですから」

「……もう発《た》つ」

隆勝は話を切り上げるように、馬を門のほうへ旋回させる。

「いってらっしゃいませ」

晴れやかに手を振る菊与納言を残し、かぐやたちは屋敷を出た。馬をゆっくりと走らせながら、町の中を進む。

「菊与納言、私たちが贈った帯留めと帯紐《おびひも》を毎日つけてくださっていますね」

かぐやは自分たちを見送ってくれた菊与納言の姿を思い出しながら、隆勝を振り返った。

「そうだな。気に入ったのならいいが、あれではすぐにくたびれる。帰りに新しいものをいくつか選んでいくか」

「ふふ、お土産ですね」

ふたりだけで出かけるのもいいが、今度は菊与納言も連れて出かけられたらと思う。かぐやにとって、光明殿《こうみょう》の人たちはもう家族も同然なのだ。

「隆勝様、これからどちらへ向かわれるのですか?」

「海だ。半刻《はんとき》ほどで着く」

都は他の邦《くに》もそうだが、海に囲まれている。今から行けば、日の光が乱反射して綺麗《きれい》であろう海が見られるはずだ。

「楽しみです」

自然と心が弾み、現金なことに照れ臭さなど忘れてしまった。

「都は商いが盛んな市ばかりが話題に上がりがちだが、自然も多い。俺はときどき、郊外の森に狩りに行く」

「狩り……なんの動物を狩るのですか?」

「鷹《たか》や兎、いろいろだな。お前も弓矢の練習がてら、やってみるか?」

「えっ……」

さすがに動物を射貫《いぬ》くのは気が引ける。けれど、せっかく誘ってもらったのに、断るのももったいない気が……。

本気で悩んでいると、隆勝はなにかに気づいたように渋面を作った。

「……すまない。俺はまたやってしまったようだ。女に勧めるものではなかったな」

「あっ、いえ……一緒に出掛けられるのは……嬉《うれ》しい……です。なのですが、できれば別のことがしたいな……と……」

隆勝は「そうだな……」と真剣に考え込んだあと、なにかを閃いた様子でかぐやを見る。

「それでは、都の書店を巡るのはどうだ。前にお前の好みそうな書物を用意すると、約束しただろう」

「……！　はいっ、行きたいです」

些細な会話の中で交わした約束を覚えていてくれたなんて、とかぐやは感動しながら馬上ではしゃいでしまう。

隆勝はそんなかぐやの様子を眺めながら頬を緩め、「必ず連れていく」と新しい約束をくれた。

「おや、お出かけですか？」

町中を進んでいたかぐやたちを引き止める声があった。

路地に目を向ければ、零月が軽く手を上げている。そのとき一瞬だけ顔を顰《しか》めたような気がしたのだが、すぐに笑みを浮かべてこちらに歩いてきた。

「零月兄さん！」

「ご無沙汰《ぶさた》しております。かぐや姫、隆勝様」

そばに来た彼は馬上のかぐやたちに頭を下げる。

「息災でなによりだ……と言いたいところだが、零月殿、腕を怪我されたのか？　先ほど手を上げる際、顔を顰めていたようだが」

かぐやは慌てて零月の腕を見る。先ほど感じた違和感は、気のせいではなかったのだ。

「零月兄さん、大丈夫なのですか？」

「心配いりませんよ。ありがたいことに簪《かんざし》を大量に注文いただきまして、それで少し腕を酷使しすぎてしまったようです」

零月は軽く肩を竦《すく》めてみせた。

「そうなのですか？　頑張りすぎて零月兄さんが傷ついてしまっては意味がありません。とても心配です」

「ありがとうございます、かぐや姫。あなたの兄は私だけですからね、自分の身も大事にしましょう。ですがかぐや姫も、お気をつけくださいね」

「はい。身体は大事にします」

「そうしてください。もし私の姫が奪われるようなことがあれば……絶対に許せませんから」

かぐやを仰ぎ見る零月の目が細められる。その瞬間、屋敷で彼に押し倒されたときの不安が蘇《よみがえ》ってきて、唾《つば》を飲む。あれはかぐやを思ってした演技だったのだから、恐れる必要などないというのに。

ふと、かぐやを支える隆勝の腕に力がこもった気がした。

（隆勝様……？）

彼を振り返れば、じっと零月を観察している。

「それでは、そろそろ邪魔者は消えるとしましょう」

零月は笑っているのだが、その目を見ていると、なぜか胸がざわざわとした。

「そんな、邪魔者だなんて……」

「消えてほしいでしょう？」

意味深に口角を上げる零月に言葉を失っていると、彼は含み笑いをした。

「他人の恋路を邪魔する者は、馬に蹴《け》られてなんとやら……とも言いますしね」

「え？」

ぽかんとしていたかぐやは、少しの間のあと『そういうことか』と肩の力を抜いた。

けれど、ほっとしたのも束の間、今度は羞恥《しゅうち》で顔が熱くなる。

「からかわないでください、零月兄さん……」

「ふふ、それではおふたりとも、お気をつけて」

そう言って去っていく零月の背を見送りながら、隆勝が呟《つぶや》く。

「腕を酷使しすぎて、か」

「……？」

隆勝は感情の読めない表情で、零月が消えた人混みを眺めていた。

「いや……それより、零月殿に気を遣わせてしまったな」

隆勝にはまだなにか思うところがあるようだが、かぐやを安心させるためだろうか。

話を切り上げるように「行こう」と言い、手綱を握り直した。

「は、はい！」

馬も動きだしてしまい、かぐやは彼がなにを呑み込んだのか、なんとなく聞きそびれてしまった。

しばらく馬を走らせると、町の出口が見えてきた。

「速度を上げる。しっかり摑《つか》まっていろ」

隆勝が馬の腹を蹴った。ヒヒーンッと高らかに嘶《いなな》いた馬は、尻尾《しっぽ》に火がついたかのように駆けだす。

「あっ……」

振り落とされそうになり、とっさに目を瞑《つぶ》って隆勝にしがみついた。すると身体に回っていた彼の腕が、さらに強くかぐやを抱き寄せる。

「安心しろ、落としたりはしない」

瞼《まぶた》を開いて彼を見上げた。すぐそばに、隆勝のまっすぐに前を見据える凛々《りり》しい顔がある。

もともと落とされるなど、そんな心配はしていなかった。この身を支える腕の強さ、伝わってくる体温、隆勝のすべてが自分を守ってくれているとわかるから。

「……俺ではなく景色を見ないか」

どこか落ち着かなそうに隆勝が言う。

指摘されて初めて、隆勝を飽きもせずに眺めていたことに気づき、かぐやは馬上でわたわたと頭を下げた。

「も、申し訳ありませんっ」

「いや、目が合わないよりはいいとは思うが……」

いつも物をはっきりと述べる彼にしては珍しく、もごもごと呟いた。

甘痒《あまがゆ》い空気が流れ、仕切り直すように隆勝が尋ねてくる。

「……どうだ。思いきり走ってみて」

「あ……はい！　頭が空っぽになって、すっきりします」

都に来てから、いろんなことがあった。かぐやを罪人だと責める妖影《かげ》、時折襲ってくる幻視と幻聴、夜叉《やしゃ》が自分を狙う目的、夜叉と繫《つな》がっているかもしれない親王、新たにできる妖影狩り部隊の赤鳶、そして——友人の死。

考えなければならないことが山ほどあり、心が塞《ふさ》ぎそうになっていたが、こうして馬で駆けていると、風が悩みを吹き飛ばしてくれるようだった。そこでふと気づく。

「隆勝様、もしかして、今日の遠乗りは私のため……ですか？」

「それもあるが、俺がお前と出かけたかったのだ」

隆勝はそう言っているが、おそらく気分転換に連れてきてくれたのが理由の大半なのだろう。

彼の気遣いが嬉しくて、かぐやの気持ちはふわふわと浮上するのだった。

「綺麗です……本当に綺麗……」

白浜に腰を下ろしたかぐやと隆勝は、眼前に広がる海にしばし目を奪われていた。

「食事にするか」

隆勝は風呂敷《ふろしき》から竹皮の包みをふたつ取り出した。そのうちのひとつを隆勝が開くと、中には艶《つや》のある塩むすびがふたつある。

「おいしそうですね」

「そうだな」

隆勝はかぐやの膝《ひざ》に竹皮ごと握り飯を載せた。そして自分のぶんの包みを開く。

「いただきます」

ふたりで声を揃えて塩むすびをかじった。

時間がゆっくりと流れている。黒鳶は本当に激務で、目まぐるしく日々が過ぎていく。常に命の危険と隣り合わせで、約束された明日などない。

だからこそ、隆勝と書物を読み耽《ふけ》り、町中を並んで歩き、海を眺めながら朝餉《あさげ》を食べる。些細《ささい》な幸せを共に積み重ねられる時間が大切に思えた。

塩むすびを食べ終えると、ふたりで再び海を眺める。目が冴《さ》えるような空の色を映しており、波頭は白く煌《きら》めいていて眩《まぶ》しい。寄せては返す波のように、潮の香りを放つ海風のように、なにかを失っても世界は変わらない。

月を見上げたとき、かぐやはその事実に絶望を覚えたはずだった。

今は失った先に残るものもあると知ったからか、悲しみは消えずとも、変わらずにいてくれる世界が少しだけ優しく感じる。

「御息所のことだが……心の整理はついたか？」

心苦しそうに話を切り出した隆勝に、かぐやは首を横に振った。

「それはまだ……初めて、同じ痛みを分かち合えたお友達……でしたから……」

胸がずきずきと痛みだす。かぐやは気を紛らわすように、白い砂を手のひらで撫《な》でた。

「別れも唐突で……受け入れることはしばらく……できそうに……ありません」

ああ、言葉にしてしまうと駄目だ。なぜ淡海が死ななければならなかったのかと、悲しみや怒りが込み上げてきてしまう。何度も何度もその沼にはまっていって、抜け出せなくなってしまいそうだ。

「俺も……鵡《む》奥《つ》の日蝕大禍で仲間を大勢亡くした」

海を見つめる隆勝の目が遠くなった。今、彼の瞳《ひとみ》には海ではなく、散っていった仲間たちの姿が代わる代わるに浮かんでいるに違いない。

「今でも鮮明に思い出す。血と汗の臭いが混じった空気、辺りが煙るほど舞っていた妖影の灰、ごろごろと地面に積み重なる人間の屍《しかばね》。だが、誰ひとりとしてそれを気にする余裕も、死を感じる暇もない。一瞬も気を抜けない、狩り狩られる過酷な戦場だった」

その戦場で生き残れた者は、どれだけいたのだろう。かぐやは淡海ひとり失っただけでも、心に大きな穴があいてしまったようだった。隆勝はそれ以上に多くの大切な人を失っていて、その心はどれだけの喪失感に貫かれたのだろう。

「守れない者が大勢いた。どれほど死なせたことか……あのときの無力感は、どれだけ時が経とうと消えん」

砂を握りしめる隆勝の手に、かぐやは思わず自分の手を重ねていた。

こういうとき、気の利いた言葉のひとつでもかけられたらいいのだが、『悲しかったですね』『つらかったですね』と安易に共感するのは違う気がした。

結局、その悲しみの大きさも、深さも本人にしかわからない。すべてを理解することはできないから、せめて寄り添おうと思ったのだ。あの雨の日、人と違う自分に怯《おび》え、震えていたかぐやに、彼がそうしてくれたように。

出過ぎた真似をしただろうかと不安になったが、隆勝は手を握り返してきた。

「失った傷は癒《い》えないままだが、守れなかった命たちが俺に教えてくれたことがある」

前を見据える瞳、潮風に靡《なび》く髪、陽を弾《はじ》いて健康的に焼けた肌。なにより内面から滲《にじ》み出る彼の意思の強さは眩《まばゆ》く輝いていて、かぐやは思わず目を眇《すが》めた。

「どんなときも己が正しいと思うことを為《な》す。己の意思に従った結果、鬼大将と畏怖《いふ》されることになろうとも進み続ける。それが俺なりの弔いだ」

ただ悲しむだけでは、なにも生まれない。逝った者たちの命から掬《すく》いとったものを、新たな救いに繋げていく隆勝の弔い方は確かに未来に繋がっていた。

「隆勝様は……悲しみに暮れるだけでなくて、その死や後悔さえも前に進むための力に変えられるお強い人なのですね」

それが彼の揺るぎない強さの源なのだと知る。

「お前も自分が思っている以上に強い女だ」

「え？」

「逝った者の思いを罪悪感で穢《けが》すことだけはしたくないと言っただろう。俺と同じなのかと……嬉《うれ》しかった」

淡海の葬儀でかぐやが言ったことを、隆勝は覚えていてくれたらしい。

「俺たちはこの先も、なにかを失っていくだろう。それを無に帰さないことが、俺たちにできることだ」

「はい」

淡海がくれたのは喪失感だけではない。

「私の力を、淡海さんや皆さんが妖影に苦しめられた人を救える力だと言ってくれました。私はこれからも、この力を人のために使っていきます」

「それが、お前なりの弔いか」

かぐやは「はい」と頷《うなず》く。

自分のことを話すのは、いつだって恐ろしかった。けれど、隆勝なら広大な海のように、すべてを受け止めてくれる。

「まだ……自分について知らないこともあります。隆勝様を傷つけてしまったこともあって、自分のすべてを好きになるのは難しいですが……」

下を向きながらも、かぐやがぽつりぽつり話すのを隆勝は静かに聞いてくれている。

「私を人にしてくれた皆さんに恥じないように、自分が正しいと思える生き方をします」

暖かな日差しと優しい波音のおかげで、素直に打ち明けられた。

隆勝はかぐやの気持ちを聞き終えると、ほがらかな表情で「そうか」といつもの相槌《あいづち》をして黙る。

ややあって、隆勝は改まった様子で身体ごとこちらを向いた。

「お前のことだ。気にしているとは思っていたが……あれくらい、俺にとっては傷つけられたうちには入らん」

隆勝はそう言ってくれるが、天月弓で彼を傷つけたことは、これからも忘れることはできない。

ここ数日、そうして気に病んでいたかぐやに、隆勝は気づいていたのだろう。淡海のこともあったからか、話す機会を窺《うかが》っていたのかもしれない。

「隆勝様、それでも私は……怖いのです。感情が溢《あふ》れたとき、私は自分の力を抑えきれませんでした」

あのときのことを思い出すと、手が震える。隆勝は繋いでいた手からそれを感じたのか、それでも離れないと伝えるように強く握ってくれた。

「それだけではありません。妖影《かげ》の声に誘われて夜な夜な彷徨《さまよ》い歩いてしまうことも、夜叉を引き寄せてしまうことも……」

堤防が決壊するかのごとく、かぐやは抱えていた不安を吐露する。

「隆勝様や皆さんのそばにいたいのに、そばにいたいと思うほど、その幸せを自分で壊してしまうのではないかと……っ」

言葉を詰まらせたかぐやの肩を、隆勝が片腕で抱き寄せた。

「自分の得体の知れなさが、恐ろしいのです……っ」

縋《すが》るように隆勝の背に手を回す。すると隆勝の腕が、それ以上の強さでかぐやを引き寄せた。

かぐやは隆勝の胸に額をつけ、ほうっと安堵《あんど》の息をつく。

「他にも、ときどき幻が見えたり、幻聴が聞こえたりして……」

「どんな幻だ」

「竹林の中で知らない女の人と食事をしていたり、本を開いたら私の知らない物語の文を誰かが朗読している声が聞こえたり、雷が落ちたとき、誰かに槍《やり》で胸を貫かれる光景が見えたり……」

かぐやは隆勝を見上げた。

「隆勝様と初めて会ったときは、頭の中で声がしました」

「声？」

「はい。お願い、あの子を守って……と」

　それを聞いて隆勝は目を見張ったが、やがて視線を落とし、じっと考え込む。

「……お前が力を使うところを何度も見てきたが、やはり俺を救ったものと同じだと思う。だが、年齢的にお前が幼い俺を助けることは不可能だ。正直、手詰まり状態なうえ、日々の任務でそれどころではなかったからな。頭から抜け落ちていたが……」

　活路を見出《みいだ》したかのような目で、隆勝はかぐやを見つめた。

「お前が聞いたその幻聴が手がかりになるかもしれん」

「私の見ている幻が……手がかりに……」

「お前は自分の得体の知れなさが怖いと言ったが、ならば何者か知ればいいだけの話だ。幻のことも、その力のことも、目を背けず理由を明らかにしていけばいい。それを俺も手伝う」

　かぐやは、隆勝の単純明快な答えに呆気《あっけ》にとられた。だが、ただ前進あるのみの隆勝らしい。そう思ったら、なんだか胸のつかえが少しだけ取れたようだった。

「言いたいこと全部、吐き出せたか？」

　かぐやは小さく笑って、首を縦に振る。すると隆勝は「次は俺の番だ」と言って、少しだけ身体を離すと、かぐやの肩に手を乗せた。

「──すべて受け止める」

　隆勝の真摯《しんし》な双眼に射貫《いぬ》かれる。かぐやは相槌も忘れて、その瞳に見入っていた。

「お前に傷つけられようが、お前が何者だろうが、お前のすべてを受け止める。俺はお前の夫だからな」

「……っ、隆勝様……」

　この人なら、本当にかぐやのすべてを受け止めてしまうのだろう。迷いなくそう思えて、目の前がぼやける。

「初めは虐げられるお前を保護し、その力を黒鳶のために使ってもらうべく、お前を迎え入れた。だが……今は違う」

　隆勝はかぐやの手を持ち上げた。

「負った傷はお前が辿《たど》った過去であり、お前をお前たらしめるものだ」

　隆勝は折檻《せっかん》の痕《あと》があった手首に視線を落とす。

「だが、どれだけ俺がその傷を肯定したとしても、お前自身がそう思えなければ意味がない。見ているこちらも、歯がゆかった」

　知らなかった、隆勝がそんな風に考えていたなんて。出会ったばかりの頃、自分を卑下してばかりのかぐやに、隆勝は苛立《いらだ》っているのだとばかり思っていた。

「お前は様々な経験を通して成長し、自分の傷を勲章だと誇れるようになってくれた。お前が自分を取り戻していくたびに、俺は癒《いや》されていたのだ」

「癒される？」

「そうだ。俺も似たような境遇だからな。自分を殺した時期があった」

　苦笑する隆勝の表情を見て思い出すのは、親王の態度だ。

『穢れた手で、私に触るな』

血筋が劣っているからと、隆勝を目の敵にしていた。あの親王と兄弟だったのだ、共に宮城に住んでいた頃はさぞ苦労しただろう。

「俺は自分とお前を重ねていたのだろう。お前が鵜胡柴親王に啖呵を切ったときは、自分のことのように誇らしかった。どんなに虐げられようとも、俺たちはこんなにも強くなれるのだと、お前が証明してくれたからな」

「隆勝様……私に強さを教えてくださったのは、隆勝様です。飼い主がいなければ生きていけない、雛鳥も同然だった私に、あなたが空の飛び方を教えてくださった……ですから私は、鳥籠を出て行きたい場所にいけるのです」

「……そうやって、お前が俺を必要としてくれたから……」

隆勝の慈しむような瞳《ひとみ》に熱が宿り、かぐやの鼓動もとくとくと速くなる。

「俺はいつしか、お前を幸せにしたいと思うようになっていた」

その一言で、ぶわっと溢れ出した。とめどなく、熱い涙が頬を伝う。

「すみません……っ、嬉しくて……ほっとして……いろいろ溢れて止まらなくて……っ」

隆勝は困ったように「そうか」と笑いながら、かぐやの濡《ぬ》れた顔を手で拭《ぬぐ》う。

「いくら泣いても構わん。俺がいる限り、いくらでも拭ってやる」

「……っ、隆勝様、私はもう幸せです。隆勝様のおかげで、私はこうして生きているのです……」

鼻をすすり、嗚咽《おえつ》に邪魔されながら、かぐやは続ける。

「たとえどんな事情があったとしても、都へ来なければ……私は自分を受け入れてくれる人や場所は存在しないのだと絶望したまま、鳥籠《とりかご》の中で一生を終えていたはずです」

それがどれだけ悲しいことかも知らずに、意思のない人形として死んでいた。

「ですから、してもしても足らないほど、感謝しています。とても……とても……」

かぐやは頰に触れている彼の手を自分の手で包んだ。

「隆勝様、私をここに連れてきてくださって、ありがとうございました」

「それは俺の台詞《せりふ》だ。俺の前に現われてくれて、ありがとう」

かぐやと隆勝は、満ち足りた気分で笑みを交わした。


時も忘れて語らっているうちに、気づけば随分と日が傾いていた。

「そろそろ戻ろう」

先に立ち上がった隆勝が手を差し出してくる。その手を取る前に、かぐやは彼を仰いで改めて告げた。

「今日はありがとうございました。隆勝様に話したおかげで、胸がすっきりしました」

笑みを向ければ、隆勝は優しい眼差《まなざ》しで見つめ返してくる。

「お前が抱えている問題は、俺も共に向き合う。夜叉《やしゃ》がまたお前を奪いに来るというのなら、俺が相手になろう。ゆえに俺を離すな。手放されるくらいなら、巻き込んでもらったほうがずっといい」

「隆勝様……それなら隆勝様も、私を巻き込んでください。持ちつ持たれつ……です」

恥じらいながらも想いを返すと、隆勝の目元が夕日を吸い込んだように赤くなった。

「そう……だな。負った傷を思い出して振り出しに戻ることも、弱くなることもあるだろう。俺もときどきそうなる。そういうときは、どちらかが支えればいい」

そこで言葉を切った隆勝は自分の前髪をくしゃりと握り、熱を宿した瞳でかぐやを捉《とら》える。

「夫婦……というのは、そういうものだろう」

「……っ」

かぐやが火照る顔を俯《うつむ》ける間もなく、隆勝は一気に攻め入るように気持ちを伝えてくる。

「不安は吐き出せ、俺はお前に幸せそうに笑っていてほしい」

そう言って、焦《じ》れたように片膝《かたひざ》をついた。

「前に、俺に見下ろされるのは怖いと言っていただろう」

「覚えていて……くださったのですか？」

初任務で足を痛めた日、かぐやをおぶる隆勝とした他愛のない話を。

かぐやが泣いていても痛がっていても、翁《おきな》と媼《おうな》にはなにも聞こえていないし、見えていなかった。けれど隆勝は出会った頃から、かぐやの感情を見たがった。かぐやの想いを聞きたがった。

隆勝はかぐやが本心を曝《さら》け出すと嬉《うれ》しそうにする。そんなことで喜んでくれるならと、いくらでも話したくなった。自分の気持ちを言えるようになったのは、彼のおかげだ。

「ですが、もう怖くはありません。隆勝様は、私に安らぎと幸せを与えてくださる方ですから」

「……もっとだ」

「え？」

隆勝の指が顎《あご》にかかり、不敵に笑う顔が近づいてくる。

「約束する。俺は夫として、妻であるお前の笑顔と幸福を守る。そのためなら、鬼にもなろう。それほどの覚悟で、お前の隣に立つつもりだ。俺に差し出せるものがあるのなら、いくらでもやる。ゆえにもっと願え」

望むことと願うこと。今までのかぐやには許されなかった。怖くてできなかった。けれどもう、かぐやは自由なのだ。

「なんでも……いいのですか？」

「ああ、遠慮せず申せ」

優しさがこれまで負ってきた傷に染み入るみたいで、また泣きたくなる。

「なら……長生き……してください」

その願いは予想していなかったのか、隆勝は少し意外そうな顔をしたが、すぐにふっと口元を緩める。

「戦に出る身だ。絶対に死なないとは言えん。偽りの誓いは妻に対して不誠実だからな」

願いを言えと言ったのにさっそく却下され、かぐやはぽろっと涙をこぼす。すると珍しく隆勝が狼狽《うろた》えた。

「最後まで聞け。お前はよく泣くゆえ、お前を置いて逝くなどぞっとする。代わりに死すら打ち払うほど強くなろう。それで手を打ってくれるか？」

かぐやの涙を拭いながら伺いを立ててくる隆勝に、首を横に振る。

「そ……そうか」

頷《うなず》かないかぐやに焦っているのか、隆勝は言葉を詰まらせた。

「せめて……健康に気をつけてください。よく寝て、持ち帰る仕事もほどほどにして、休んでください」

「承知した。屋敷では減らした仕事の代わりに、お前といよう」

こつんと、隆勝は額を重ねてくる。

「……他にはあるか？　この際だ、全部聞く」

「……私、欲張りすぎていませんでしょうか……？」

「俺が欲しがっているだけだ。ほら、言え」

隆勝の親指が先を促すようにかぐやの唇を撫《な》でる。それにどきりとしつつ、かぐやは思い切って口を開く。

「では……隆勝様に抱き着いてもいいですか？」

「望むところだ」

両手を広げる隆勝に抱き着き、ふたりで砂浜の上に転がった。下になった隆勝を覗《のぞ》き込めば、彼の手が伸びてきて、かぐやの髪を耳にかける。

「隆勝様……私を好いていると言ってくださったこと、夢では……ありませんよね？」

彼からこんなにも想いを伝えられていると言うのに、まだ不安になるのは自信がないからだ。そんなかぐやを仕方ないなと言わんばかりに隆勝は見上げる。

「これが夢ならば、俺も同じ夢を見ていることになるが」

「え……」

目をぱちくりさせれば、隆勝の指がかぐやの頬を摘《つ》まんだ。

「……！」

「これで目が覚めたか？」

「は……ははまははま……」

困り果てるかぐやに、隆勝はくっと笑った。

「──かぐや」

優しく名を呼ばれ、心の臓がひとつ跳ねる。

「お前を愛している。この気持ちを夢になどしてくれるな」

隆勝の眼差しの奥にこもっている深い想いに、胸が熱くなった。

（ああ、これほどまでの想いに、私はどう応《こた》えればいいのかしら……）

かぐやは震える手を伸ばし、まるで粉雪のようにふわりと隆勝の唇に指先で触れる。

そして、自然と湧き出る願いを誰に強制されるでもなく、自分自身の意思で希《こいねが》った。

「隆勝様、私……隆勝様が……欲しい」

大胆なことを口走った自覚はあったけれど、これが一番欲しいものだったのだ。

隆勝の答えを待っていると、彼は満足げに口端を上げる。

「奇遇だな。俺もだ――」

後頭部に回った大きな手に引き寄せられ、唇が触れ合う。これが現実であるとわからせるように強く、心を重ねるように離してくれない。

相も変わらず、この世界は妖影に脅かされているけれど。今はただ潮風に吹かれながら、細《ささ》やかな幸福に身を委《ゆだ》ねていたい。

これほどまでに自分を想ってくれる相手にめぐり逢《あ》えた。人生で二度とない幸運をこの腕に抱きながら。

本書は、魔法のｉらんどに掲載された「鳥籠のかぐや姫～宵暁の章～」を加筆修正の上、文庫化したものです。

この物語はフィクションであり、実在の地名・人物・団体等とは一切関係ありません。

鳥《とり》籠《かご》のかぐや姫《ひめ》　下

暁《あかつき》に華《はな》ひらく愛《あい》

鶴《つる》葉《は》ゆら

令和6年 1月25日　初版発行

発行者●山下直久

発行●株式会社KADOKAWA
〒102-8177　東京都千代田区富士見2-13-3
電話　0570-002-301（ナビダイヤル）

角川文庫 23999

印刷所●株式会社暁印刷
製本所●本間製本株式会社

表紙画●和田三造

ISBN 978-4-04-114679-8　C0193

◇◇◇

角川文庫発刊に際して

角川源義

第二次世界大戦の敗北は、軍事力の敗北であった以上に、私たちの若い文化力の敗退であった。私たちの文化が戦争に対して如何に無力であり、単なるあだ花に過ぎなかったかを、私たちは身を以て体験し痛感した。西洋近代文化の摂取にとって、明治以後八十年の歳月は決して短かすぎたとは言えない。にもかかわらず、近代文化の伝統を確立し、自由な批判と柔軟な良識に富む文化層として自らを形成することに私たちは失敗して来た。そしてこれは、各層への文化の普及滲透を任務とする出版人の責任でもあった。

一九四五年以来、私たちは再び振出しに戻り、第一歩から踏み出すことを余儀なくされた。これは大きな不幸ではあるが、反面、これまでの混沌・未熟・歪曲の中にあった我が国の文化に秩序と確たる基礎を齎らすためには絶好の機会でもある。角川書店は、このような祖国の文化的危機にあたり、微力をも顧みず再建の礎石たるべき抱負と決意とをもって出発したが、ここに創立以来の念願を果すべく角川文庫を発刊する。これまで刊行されたあらゆる全集叢書文庫類の長所と短所とを検討し、古今東西の不朽の典籍を、良心的編集のもとに、廉価に、そして書架にふさわしい美本として、多くのひとびとに提供しようとする。しかし私たちは徒らに百科全書的な知識のジレッタントを作ることを目的とせず、あくまで祖国の文化に秩序と再建への道を示し、この文庫を角川書店の栄ある事業として、今後永久に継続発展せしめ、学芸と教養との殿堂として大成せんことを期したい。多くの読書子の愛情ある忠言と支持とによって、この希望と抱負とを完遂せしめられんことを願う。

一九四九年五月三日

ISBN 978-4-04-113023-0

結界師の一輪華

クレハ

落ちこぼれ術者のはずがご当主様と契約結婚!?

遥か昔から、５つの柱石により外敵から護られてきた日本。18歳の一《いち》瀬《せ》華《はな》は、柱石を護る術者の分家に生まれたが、優秀な双子の姉と比べられ、虐げられてきた。ある日突然、強大な力に目覚めるも、華は静かな暮らしを望み、力を隠していた。だが本家の若き新当主・一《いち》ノ宮《みや》朔《さく》に見初められ、強引に結婚を迫られてしまう。期限付きの契約嫁となった華は、試練に見舞われながらも、朔の傍で本当の自分の姿を解放し始めて……？

角川文庫のキャラクター文芸

ISBN 978-4-04-111883-2

ISBN 978-4-04-111873-3

帝都契約嫁のまかない祓《ばら》い

飛野猶

全てを失った少女に訪れた、奇跡のような出会い。

帝都で母親と定食屋を営んでいた多恵《たえ》は、母を亡くした後、謎の火事に見舞われる。火元の店だと人々から責められ、絶体絶命のそのとき、多恵はりりしい軍服姿の青年に救われる。彼は鷹乃宮《たかのみや》侯爵家の当主・聖《ひじり》だった。近隣の店への補償を肩代わりする条件で、彼の屋敷に連れていかれた多恵は、聖の「契約嫁」になることを提案され……。呪われし一族の若き侯爵と、不思議な力を持つ料理の作り手の少女の、契約結婚あやかし譚！

角川文庫のキャラクター文芸

ISBN 978-4-04-114219-6

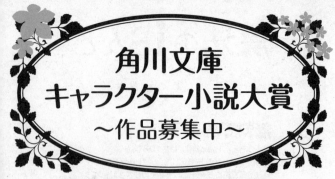